Psicoterapia Preventiva da Família
Método e Ilustrações Clínicas

COLEÇÃO PREVENÇÃO E PSICOTERAPIA
(DIRIGIDA POR RYAD SIMON)

PSICOTERAPIA PREVENTIVA DA FAMÍLIA MÉTODO E ILUSTRAÇÕES CLÍNICAS

KAYOKO YAMAMOTO

Casa do Psicólogo®

© 2006 Casa Psi Livraria, Editora e Gráfica Ltda.
É proibida a reprodução total ou parcial desta publicação, para qualquer finalidade, sem autorização por escrito dos editores.

1ª Edição
2006

Editores
Ingo Bernd Güntert e Christiane Gradvohl Colas

Assistente Editorial
Aparecida Ferraz

Produção Gráfica, Editoração Eletrônica & Capa
Renata Vieira Nunes

Ilustração de Capa
Susan Hirata, Sem título, 2006
Sumiê, pintura tradicional japonesa

Revisão
Maria de Fátima Alcântara Madeira

Dados Internacionais de Catalogação na Publicação (CIP)
(Câmara Brasileira do Livro, SP, Brasil)

Yamamoto, Kayoko
   Psicoterapia preventiva da família: método e ilustrações clínicas/ Kayoko Yamamoto. – São Paulo: Casa do Psicólogo®, 2006. – (Coleção prevenção e psicoterapia/dirigida por Ryad Simon).

   Bibliografia.
   ISBN 85-7396-490-1

   1. Família – Aspectos psicológicos 2. Psicoterapia de família I. Simon, Ryad. II. Título. III. Série

06-5903   CDD- 616.89156

Índices para catálogo sistemático:
1. Psicoterapia de família: 616.89156

Impresso no Brasil
Printed in Brazil

Reservados todos os direitos de publicação em língua portuguesa à

Casa Psi Livraria, Editora e Gráfica Ltda.
Rua Santo Antonio, 1010   Jardim México   13253-400   Itatiba/SP   Brasil
Tel.: (11) 45246997   Site: www.casadopsicologo.com.br

All Books Casa do Psicólogo®
Rua Simão Álvares, 1020   Vila Madalena   05417-030   São Paulo/SP   Brasil
Tel.: (11) 3034.3600   E-mail: casadopsicologo@casadopsicologo.com.br

A "família" que habita em meu coração

SUMÁRIO

PREFÁCIO, POR RYAD SIMON 11

CAPÍTULO 1
INTRODUÇÃO 17
A Terapia Familiar 19
O Casal 26

CAPÍTULO 2
HISTÓRICO E ORIGEM DA PSICOTERAPIA PREVENTIVA DA FAMÍLIA 29
A Psicoterapia Preventiva da Família 29
Início de Tudo 33
Estudo-Piloto 38
Estágio Inicial do Desenvolvimento 41
A Sociedade de Psicologia Clínica Preventiva 43

CAPÍTULO 3
O MÉTODO DA PSICOTERAPIA PREVENTIVA DA FAMÍLIA 47
Referencial Adaptativo – Teoria da Adaptação 47
    Crise Adaptativa 51
A Família como Paciente 54

Atendimento em Domicílio 59
Brevidade da Duração Terapêutica 63
Maleabilidade na Abordagem Terapêutica 66

CAPÍTULO 4
ESTUDO DO MÉTODO DA PSICOTERAPIA PREVENTIVA DA FAMÍLIA ... 69
As Famílias deste Estudo 69
Ilustrações Clínicas de Resistências Insuperadas 72
    Família Amaro 72
    Família Reis 75
Material deste Estudo 78
Resultados 79
Alguns Resultados para Futuras Pesquisas 84
    Resultados do Processo (20 famílias) 84
    Resultados Terapêuticos 84
Análise Preliminar 86

CAPÍTULO 5
TEMAS EM DISCUSSÃO 89
Primeiro Tema: Influência de Fatores Reconhecidos 89
    A – Conflito Edipiano 89
    B – Mitos Familiares 97
    C – Duplo Vínculo 113
    D – Transmissão de Irracionalidade e Pseudomutualidade 125
Segundo Tema: Efeitos do Atendimento em Domicílio 126
Terceiro Tema: Organização Familiar na Ausência ou Insuficiência de um Membro Responsável 129

CAPÍTULO 6
CONSIDERAÇÕES TÉCNICAS 137
Tema 1 – Diagnóstico da Situação-Problema 137
Tema 2 – Duração da Terapia 139
Tema 3 – Duração da Sessão 142
Tema 4 – Queixas entre Familiares e Participação Terapêutica 144

Tema 5 – Problemas Envolvendo os Cônjuges 148
Tema 6 – Lidando com as Resistências 153
Tema 7 – Psicoterapia Preventiva da Família Envolvendo um só Membro? 157
Tema 8 – Lidando com Mudanças no Enquadre 160
Tema 9 – Variações na Freqüência dos Participantes 161
Alguns Achados sobre a Técnica 163
Tema 10 – Ação do Terapeuta diante de Estranhos à Terapia ... 164
Tema 11 – Indicadores de Falta de Motivação ("faltas") 167

Capítulo 7
Caminhos na Investigação das Variações da Técnica 171

Tema A – as abordagens que se dizem suportivas seriam as mais aceitáveis? Ou seja, nas modalidades de orientação, reasseguramento, sugestão, persuasão, etc.? 171
Tema B – As abordagens reconstrutivas seriam as mais eficazes? Ou seja, interpretações mais profundas, ainda que teorizadas, sobre os conflitos inconscientes? Como reagiriam as famílias ou os membros mais diretamente atingidos? 173
Tema C – As abordagens mistas seriam as mais indicadas? Isto é, ora priorizando o aspecto suportivo, ora o reeducativo e ora o reconstrutivo? 174
Tema D – A fase terapêutica propriamente dita deve ser iniciada após a conclusão diagnóstica? Ou é preferível iniciar as intervenções terapêuticas antes mesmo de finalizado o diagnóstico para evitar o abandono do atendimento (frustração de apenas dar sem nada receber) ou o agravamento das dificuldades? 180

Capítulo 8
Conclusões e Sugestões 183

Referências Bibliográficas 193

Prefácio

Falar da obra de Kayoko é quase como me reportar a minha autobiografia intelectual. Conheci-a quando fora minha aluna no quinto ano do curso de graduação em Psicologia da USP. Logo depois de formada procurou-me para supervisionar seu trabalho como psicóloga na extinta Casa de Detenção de São Paulo. Analisávamos testes projetivos (Rorschach, TAT) e entrevistas psicológicas para aferir a periculosidade dos detentos. Era um trabalho fatigante e de alto risco, embora os presidiários não fossem tão violentos quanto atualmente. Concomitantemente, iniciou trabalho em hospital psiquiátrico e em consultório próprio. Atendeu minha recomendação de renunciar ao perigoso trabalho com os detentos e passou a dedicar-se mais a atividades clínicas.

Quando foi inaugurada a Pós-Graduação no Departamento de Psicologia Clínica do Instituto de Psicologia da USP, após a reforma dos Estatutos da Universidade, fez parte da primeira turma, ingressando como minha orientanda ao mestrado. Nessa época, foi aluna da disciplina "Prevenção de Distúrbios Mentais do Universitário", que eu lecionava na USP, mas que na verdade era realizada teórica e praticamente no âmbito do Departamento de Medicina Preventiva da Escola Paulista de Medicina, aplicada aos alunos dos cursos de Medicina, Enfermagem, Ortóptica, Fonoaudiologia e Biomédicas. O tema de sua dissertação versava sobre pesquisa da validade de um *"Questionário para Triagem de População Universitária"*, confrontado com os resultados de entrevistas psicológicas nas quais já se aplicava minha "**EDAO**" (*Escala Diagnóstica Adaptativa Operacionalizada*), com alunos dos Cursos de Graduação da Escola Paulista de Medicina (atual UFESP: Universidade Federal de São Paulo).

Por ocasião dos primórdios do Curso de Psicologia na FMU (Faculdades Metropolitanas Unidas) recebi convite para dirigir um eepartamento cujo título, sob minha sugestão, foi trocado para "Departamento de Psicologia Preventiva." Não me sendo possível atender ao convite, indiquei – e foi aceita – a colega Kayoko para dirigi-lo, a qual, com mais quatro psicólogas que freqüentavam minhas disciplinas no curso de pós-graduação na USP, completaram a equipe. Foi um período de inúmeras pesquisas utilizando a enorme mão de obra estudantil que então abundava na ilusão de farto trabalho psicológico aplicado à população paulista (fins da década de 1970 e inícios da de 1980). Foram alguns poucos anos gloriosos, nos quais os membros da equipe de docentes, encabeçados por Kayoko, solicitaram-me supervisioná-los – tamanha e tão desconhecida a área abrangida pelo campo da prevenção psicológica. Com tantos alunos de graduação em Psicologia da FMU foi possível pesquisar em instituições: centros de saúde, serviço de assistência a adolescentes grávidas do Exército da Salvação, asilo de idosos subvencionado por entidade espírita, e a creche Asas Brancas, assistindo crianças internadas desde os dois anos até fins da adolescência. Foi um período quase heróico e de inúmeras descobertas, mas de curta duração, pois os administradores da FMU, por medida de contenção econômica, dispensaram a equipe em bloco.

Não pretendendo desperdiçar a experiência tão rica daqueles belos anos a equipe, por sugestão minha, elaborando o luto pela perda do Departamento de Psicologia Preventiva da FMU colaborou para fundarmos a **Sociedade de Psicologia Clínica Preventiva**, que presidi até seu encerramento, e na qual Kayoko foi o esteio assumindo o cargo de diretora da Secretaria. Trabalhamos arduamente iniciando um curso de Psicologia Clínica Preventiva que, em seus primeiros anos, teve mais de uma centena de alunos. Durante oito anos coordenei, em meu consultório, ás segundas-feiras à noite, gratuitamente, acompanhado por Kayoko, grupos de estudos para investigar, propor pesquisas, discutir resultados das experiências nesse vasto e inexplorado campo da psicologia clínica exercido fora do conhecido e seguro âmbito do consultório. Fizemos todo esse enorme trabalho sem ganhar um centavo, movidos apenas pela curiosidade de investigar esse universo desconhecido e obscuro. Estes sim foram anos heróicos. O contato com a comunidade foi instigante e desafiador. Um dos campos de pesquisa, buscando alcançar a população ampla, que não costuma freqüentar consultórios – e que tinha intuito realmente preventivo, porque permitia detectar precocemente ineficácias adaptativas no domicílio – foi o de levar o psicólogo às residências das pessoas para diagnosticar e eventualmente tratar psicologicamente alguma inadequação familiar ou individual. Em termos de saúde pública no campo psicológico, suponho ser essa uma das formas mais eficazes de praticar a prevenção ampla. Procuramos interessar os membros das equipes dos centros e postos de saúde pública da cidade de São Paulo para nos acompanharem na pesquisa. Nenhum apareceu. Talvez porque seu intuito fosse o de apenas ter um emprego para aprender, enquanto principiante, e depois safar-se. Os membros participantes dos trabalhos da Sociedade de Psicologia Clínica Preventiva, por não estarem ligados a nenhuma instituição que custeasse seu trabalho, e sem havendo apoio econômico de qualquer empresa, procuravam fazer contratos familiares à maneira dos serviços de saúde privada que então estavam se iniciando. Pouquíssimas famílias aderiram, e mesmo essas, com o empobrecimento geral da população (as décadas de 1980 e 1990 são consideradas "décadas perdidas") desistiram do atendimento domiciliar.

Acompanhou-me desde o início da instalação do curso de pós-graduação *lato sensu* Especialização em Psicoterapia Psicanalítica do Instituto de Psicologia da Universidade de São Paulo, colaborando como supervisora do atendimento clínico dos alunos. Recentemente, venceu concurso público no Departamento de Psicologia Clínica da USP para ocupar a vaga aberta com minha aposentadoria compulsória. Atualmente, substitui-me na função de Coordenador desse mesmo Curso.

Quanto a este livro, foi nesse terreno desafiador e atemorizante que Kayoko resolveu ingressar para pesquisar aspectos fundamentais da psicoterapia preventiva da família praticada na residência dos pacientes. Daí resultou a pesquisa para sua tese de doutorado, da qual fui também orientador, pela USP.

Esse acervo de conhecimentos, após anos de pesquisa, devidamente reformulado, burilado e ampliado, constitui o livro. Nele estão contidas as vicissitudes e peripécias de uma pioneira incansável, insistindo em testar os limites do método, mesmo quando o atendimento das famílias parecia não ir adiante. Queria pesquisar o porquê da não aceitação da oferta da psicoterapia preventiva da família, em princípio tão útil para auxiliar na solução dos problemas encontrados. Descobriu vários motivos inconscientes que geravam resistência ao atendimento. E, nos vários atendimentos familiares – que realizou por conta própria, com enorme dedicação e sacrifício – em que o prosseguimento do atendimento foi possível, com duração de meses (em alguns casos até anos de continuidade) – trouxe um precioso manancial de descobertas, conhecimentos e contribuições à teoria e à técnica da psicoterapia preventiva da família. Testou hipóteses sobre quantidade de sessões de psicoterapia preventiva, duração das sessões, locais mais adequados para atendimento no domicílio, intercorrências mais comuns durante as sessões, e formas de manejá-las. Investigou principalmente os tipos de resistências à psicoterapia preventiva (muito diversas daquelas observadas no consultório) e como interpretá-las ou contê-las. Observou e registrou indícios de reações transferenciais familiares às primeiras sessões e sua utilidade para formulação do prognóstico sobre a evolução da terapia. E assim encontrou úteis informações para o psicoterapeuta que se dedica, ou pretende dedicar-se, ao fascinante e instigante mundo da psicoterapia preventiva da família.

Ela agora os apresenta decantados e depurados por anos e anos de experiência clínica. Espero que o leitor possa apreciar o trabalho dessa denodada investigadora dos meandros das relações familiares, que devotou muitos anos de sua vida na árdua tarefa de perscrutar o desconhecido que se oculta na intimidade do lar, e que o psicólogo clínico que apenas atende no consultório não tem como alcançar. O psicólogo que pretender efetuar um trabalho mais amplo do que aquele apenas existente no âmbito bi-pessoal; que deseja descortinar um panorama mais amplo das relações humanas – e para tanto se aventura a adentrar a intimidade do domicílio – terá neste livro um instrumento valioso para auxiliá-lo a aproximar-se das questões familiares, compreender as peculiaridades do trabalho psicoterápico no âmbito doméstico, tão rico de variáveis nunca percebidas no limitado universo do consultório.

O que este método de psicoterapia preventiva da família tem de inédito em termos de prevenção é necessário enfatizar: **prevenção primária**, quando intervém para orientar na adoção de medidas profiláticas para evitar o aparecimento de distúrbios adaptativos em crianças (mas também em adultos) e, ainda, ampliar a capacidade de desfrutar a vida. Se é no âmbito familiar que são gestados os fatores ambientais (que em interação com os constitucionais vão definir a estrutura da personalidade e a capacidade adaptativa) é evidente a importância da presença do psicólogo no domicílio, captando a confiança e infundindo segurança aos familiares. Acompanhando as vicissitudes e a evolução da família e podendo detectar *in statu nascendi* os fatores patogênicos e as primeiras reações do membro da família que sofre suas conseqüências, poderá o psicólogo intervir nesses momentos cruciais, evitando um enorme sofrimento desnecessário devido a soluções inadequadas no contexto familiar. E mais: quanto mais cedo é feita a intervenção, maior a possibilidade de rápida reversão do distúrbio, evitando que se cronifique e se torne insuperável; ou requerendo posteriores prolongadas psicoterapias psicanalíticas. Em termos de **prevenção secundária**, quando a ineficácia adaptativa já se cristalizou, mas não se cronificou, a possibilidade de **detecção precoce** de problemas adaptativos, permite, ao ser iniciado o **tratamento eficaz**, minorar o sofrimento e alcançar em menor tempo a cura completa do distúrbio.

Tratando-se de um método novo, há muito ainda por descobrir. Mas, tendo havido o desbravamento inicial – que é o mais difícil – os continuadores terão ensejo de aproveitar essa ajuda para aprimorar o instrumento e ampliar suas possibilidades psicoterápicas (prevenção secundária e terciária) e profiláticas (prevenção primária). Espero que o denodado empenho de Kayoko possa frutificar e contar com o interesse e entusiasmo dos colegas que desejam ir mais além das quatro paredes do consultório, desvendando um novo mundo da psicoterapia familiar no lugar onde tudo começou – o domicílio – e continua acontecendo.

Saúdo com entusiasmo essa preciosa contribuição de Kayoko e exorto os colegas interessados em minorar e aliviar o sofrimento desnecessário do ser humano a aplicarem e divulgarem a psicoterapia preventiva da família como aquela que tem possibilidades de produzir resultados eficazes, oferecer conforto e segurança às famílias com o menor custo pecuniário e emocional possível.

Ryad Simon

Capítulo 1
Introdução

Os humanos mais primitivos não viviam sozinhos e isolados. O homem sempre fez parte de agrupamentos humanos que, mesmo não possuindo as características formais das atuais famílias nucleares (casal e filhos), desempenhavam as funções básicas a elas atribuídas nas sociedades modernas, fosse para garantir a proteção e a sobrevivência física de seus elementos, fosse para perpetuar os valores morais e sociais da cultura vigente (Engels, 1981; Ariès, 1973; Canevacci, 1981). Nesses grupos vigoravam regras e normas de conduta bastante rígidas, embora nem sempre explicitadas, as quais deveriam ser rigorosamente obedecidas por seus membros para a manutenção da ordem e da disciplina intragrupal e a preservação da vida em grupo. A desobediência a essas regras e normas era severamente punida, às vezes até com a morte, pois ela trazia a ameaça do caos e da destruição (Freud, 1913). Esses grupos, assim como as famílias em que posteriormente se desenvolveram, possuíam o caráter de historicidade e de continuidade, transmitindo a seus descendentes a noção de pertinência, elemento essencial para a formação e o desenvolvimento do sentido de identidade. Pertencer a um grupo cuja história se conhece representa, para seus membros, conhecer as origens de sua própria existência e de seu estar no mundo, cujo significado fenomenológico irá permear seus futuros relacionamentos humanos e afetivos. Winnicott (1965) cita que, para os refugiados de um outro país ou para os filhos ilegítimos, a falta de uma família é uma terrível perda, capaz de transformá-los em indivíduos inseguros e desconfiados, que não conseguem se aproximar emocionalmente de outras pessoas, mesmo daquelas que lhe são amistosas e amorosas. Achados semelhantes foram feitos por Oberding *et al.* (1983), em seu estudo sobre o comportamento social e afetivo de meninas criadas em orfanato desde a mais tenra idade.

Sobre o caráter universal das famílias, Spiro menciona um estudo realizado por Murdock em um *kibbutz* de Israel. Nele, não existe o sistema família em nenhuma de suas formas: nuclear, extensa ou poligâmica. E grande parte das funções básicas desempenhadas pelas famílias é exercida pela comunidade. Murdock verificou que mesmo não havendo família constituída em um *kibbutz*, o próprio *kibbutz* funciona como uma família, onde os adultos são os pais das crianças e as crianças são irmãos entre si. Ou seja, na ausência da família nuclear, a sociedade passa a cumprir essa função, desde que o número de integrantes não ultrapasse uma quantidade que torne impossível um contato face a face, como acontece nos grupos familiares. O autor observou, por exemplo, que, quando um rapaz se casa, ele escolhe para noiva uma moça de outro *kibbutz* e raramente alguém de seu próprio *kibbutz*. Kaffman (1988), a esse respeito, informa que tem havido uma tendência dentro dos *kibbutzens* em aumentar as horas de permanência dos pais com seus filhos, a fim de intensificar o contato entre eles.

Apesar da importância que a família tem, qualquer que seja a forma em que se encontra constituída, sobre a formação e evolução para a saúde ou doença de seus descendentes, o desenvolvimento da terapia familiar é relativamente recente. Durante muitos anos, sob influência das descobertas de Freud sobre o dinamismo inconsciente, o enfoque clínico esteve debruçado sobre o estudo e a compreensão das motivações internas da conduta humana, dando menos atenção à situação interpessoal do indivíduo em grupo. Embora não renegando as influências da realidade externa os terapeutas de então estavam mais voltados para as representações internalizadas dessa realidade concreta, seus significados e processos mentais a elas relacionados. De fato, como, através da transferência o terapeuta ocupa vários papéis familiares, pela regressão, a família interna do paciente na infância é revivida na sessão. Enfatizando em demasiado a situação transferencial, a importância da família externa e real é negligenciada.

A Terapia Familiar

É difícil precisar a origem da terapia familiar. Alguns autores, como Foley (1986), remontam o interesse pela família à época ainda de Freud, quando ele incluiu o pai no tratamento da criança no caso "O pequeno Hans", em 1909. O autor acrescenta que, em anos recentes, esse interesse foi-se acentuando com as contribuições advindas da Antropologia Cultural e das teorias de personalidade que enfatizam a importância das influências sociais (Adler, 1952) e das relações interpessoais (Sullivan, 1953) no desenvolvimento do indivíduo. Outros, como Meyer (1983), que consideram o estudo da família como parte da teoria das relações objetais, afirmam que a terapia familiar adquiriu importância com a expansão da análise de crianças e de pacientes psicóticos, terapia de grupo, e de casal. Em acréscimo a isso, Ackerman (1970) diz que, por muito tempo, a família foi vista como um prolongamento da criança, e não que a criança fosse o prolongamento da família. Para Haley (1973), a mudança do enfoque individual para o familiar ocorreu quando os terapeutas, acompanhando uma tendência geral que dominava os diferentes campos da ciência nas décadas de 1940 e 1950, encaminharam-se para uma orientação mais social na compreensão e tratamento de seus pacientes. Eles constataram que a conduta psicótica de um paciente não era um fato casual, estritamente individual e isolado da realidade externa, por mais bizarra que se apresentasse a um primeiro exame. A conduta, em verdade, era parte da interação estabelecida entre o paciente e sua mãe ou, mais precisamente, uma resposta dele, sob forma de metáfora, a uma comunicação que a mãe lhe fazia, e na qual ele expressava sua desorientação e perplexidade frente a uma situação sem saída. A partir dessa descoberta, a atenção dos terapeutas que tratavam de pacientes psicóticos voltou-se do indivíduo doente para a díade formada por ele e sua mãe. Mais tarde, compreendendo-se que o pai era um elemento importante na saúde mental da família, e que, muitas vezes, graves perturbações emocionais nos filhos eram resultantes não somente de dificuldades individuais dos progenitores, mas de suas relações conjugais mal estruturadas, os terapeutas passaram a se ocupar da tríade formada pelo casal e o filho (Lidz *et al.*, 1971a). Todavia, o marco definitivo para o desenvolvimento da terapia familiar veio com a publicação por Bateson, em 1956, do trabalho intitulado *Toward a theory of schizophrenia*. Nesse trabalho o autor relata os resultados de uma investigação pioneira acerca dos padrões de interação efetuados entre membros de famílias que possuíam um elemento esquizofrênico. Ele reconheceu nesses padrões de interação a presença de um tipo particular de comunicação freqüentemente trocada entre pacientes esquizofrênicos e seus familiares que denominou "duplo vínculo" (*double bind*). Unindo esse achado ao conceito de "homeostase familiar" que Jackson (1971) vinha desenvolvendo em seus estudos com famílias, Bateson, junto com sua equipe, lançou os primeiros informes sobre a etiologia e os sintomas da esquizofrenia em termos comunicacionais. Desses estudos, e ainda se baseando na Teoria Geral dos Sistemas (Von Bertalanffly, 1972) e na Teoria da Comunicação teve origem a Teoria Sistêmica, cujos princípios fundamentam as distintas modalidades terapêuticas familiares criadas por seus seguidores, as quais se difundiram em diferentes países e culturas. Além dos conceitos de "duplo vínculo" e "homeostase familiar", conceitos como "pseudomutualidade" (Wynne *et al.*, 1971a) e "transmissão de irracionalidade" (Lidz *et al.*, 1971b) constituem ainda os suportes dessa teoria que explica como se dá o aparecimento de graves perturbações psíquicas no interior de certas famílias.

A Teoria Sistêmica considera a família um *sistema aberto* que favorece os intercâmbios intra e extrafamiliares, através dos quais, seus membros, em contínua interação, influenciam e são influenciados, seja pelos demais membros familiares seja pelo ambiente externo. Funcionando tal qual um sistema, uma modificação em um de seus membros irá afetar a todos os outros, os quais, por sua vez, modificados, irão influir sobre o primeiro; e, assim, de maneira sucessiva e interminável, seja em direção à saúde ou à doença. Haley e Hoffman, na introdução do livro *Techniques of family therapy* (1967), afirmam que "... os terapeutas familiares distinguem-se como grupo devido principalmente a um pressuposto comum: se o indivíduo deve mudar, o contexto no qual ele vive também deve mudar". E mais adiante, que "... a unidade de tratamento não é mais a pessoa, mesmo se uma única pessoa é entrevistada; é o conjunto dos relacionamentos no qual a pessoa está imersa". Os terapeutas sistêmicos conceituam o conflito familiar como decorrente de distúrbios funcionais no sistema relacional familiar. Dentro desse modelo conceitual, o paciente é tido como "... um representante circunstancial de alguma disfunção no sistema familiar" (Calil, 1987).

Em prosseguimento aos estudos iniciais sobre interação familiar e visando desenvolver técnicas operantes para a modificação do sistema relacional manifesto Jackson e Weakland (1971) formularam a Terapia Familiar Estratégica. Nessa modalidade terapêutica não há maiores preocupações com *insight*, fantasias inconscientes ou experiências intrapessoais dos membros familiares; e visitas ocasionais ao domicílio para observar o comportamento da família em seu ambiente natural fazem parte de seu procedimento. Ainda, a partir dos conceitos sistêmicos, Minuchin (1982) desenvolveu a Terapia Familiar Estrutural, cuja abordagem se centraliza nos limites e na configuração que os subsistemas familiares assumem para compor a totalidade do sistema familiar. Esses subsistemas, definidos por membros individuais, relações entre membros ou entre gerações, ou por papéis familiares, entre outros, devem possuir fronteiras nítidas e bem delimitadas, e se organizarem entre si de maneira funcional e flexível, para que a família possa corresponder às constantes modificações que lhes são exigidas por estímulos provenientes de seu interior ou do ambiente. A intervenção do terapeuta estrutural se torna necessária quando o sistema familiar perde a capacidade adaptativa em função da excessiva rigidez que se estabelece nos subsistemas ou pela ausência de suas fronteiras.

Autores como Haber (1987) não restringem a terapia familiar apenas ao grupo familiar; quando julgam ser importante solicitam, por exemplo, a participação dos amigos dos filhos. Demonstrando a mesma flexibilidade, Haley (1979) inclui em sua terapia familiar, além de parentes e amigos, até colegas de trabalho, e não fixa como local para a realização da mesma apenas o consultório do terapeuta ou o domicílio da família, mas qualquer outro local que se mostre propício e adequado. Andolfi (1981), com base nos princípios sistêmicos, propõe um modelo terapêutico que consiste, num primeiro momento, em tornar o terapeuta o consultor que a família procura para compreender um problema que se localiza em um de seus membros, mas afeta a todos. Esse problema, com freqüência, seria resultado da tentativa desse membro em se diferenciar do restante da família; tentativa essa que acaba conflitando com os interesses da mesma, que quer manter a coesão familiar através da indiferenciação; ou, como diz Cooper (1976), quer exercer a opressão para impedir o processo de individuação de seus membros. No momento seguinte, compreendido o que se passa no sistema familiar, o terapeuta propõe mudanças relacionais orientando e conduzindo a família para uma redefinição dos papéis que cabem a seus membros. Esse modelo terapêutico tem duração limitada (três a cinco meses), pois seu objetivo é libertar a família, presa a um esquema relacional viciado e repetitivo, para que, a partir de então, ela possa evoluir seguindo seu curso natural.

A efetiva participação da família, particularmente dos pais, tem sido enfatizada como fundamental por autores que lidam com adolescentes que apresentam distúrbios emocionais em virtude da extrema dependência que possuem em relação à família ou aos pais. Um desses autores, Sachs (1986), refere, no entanto, ter encontrado dificuldades para a vinda do pai, mormente se ele é um trabalhador pertencente a uma classe socioeconômica menos favorecida. Examinando as fontes dessas resistências ele sugere, como uma das medidas para atenuá-las, as visitas domociliares, as quais, por sua vez, contribuem, ainda, para diminuir a distância hierárquica que o pai sente em relação ao terapeuta. Com o objetivo de promover a maturidade e a independência dos jovens adolescentes, ajudando-os a se separarem da família, Friedman e Pettus (1985) realizam a terapia familiar de tempo limitado, porém variável, levando em consideração o contexto social e cultural do qual a família se origina.

Outros autores, entre eles Berenstein (1973) e Bleger (1966), inspirando-se nos postulados sistêmicos e conjugando-os aos princípios psicanalíticos, consideram que, subjacente à conduta familiar manifesta, existe uma rede ativa de interação não perceptível, formada pelo interjogo de fantasias e necessidades inconscientes de cada membro. Para esses autores, o distúrbio familiar observável é a expressão de um conflito (latente) que se cria no processo familiar inconsciente, quando a família, diante da necessidade de se modificar para se adaptar a novas situações e incorporar novas experiências, resiste, e constrói entraves para garantir o *status quo*. Nessa abordagem – terapia familiar de orientação psicanalítica –, o terapeuta tem por função tornar conhecido para a família o processo inconsciente atuante, mediante interpretações que, segundo Berenstein (1973), devem recair não sobre os indivíduos, mas, sempre, sobre a dinâmica familiar. Para Bleger (1966), o conflito familiar acontece quando uma parte da família quer se diferenciar e atingir maior individuação, e, com isto, contraria o desejo da outra parte que quer preservar e manter imutável a união familiar por meio da não diferenciação de seus membros. Para essas famílias, segundo o autor, a mudança significa ativar o "núcleo psicótico" nelas contido, no qual encontram-se depositados os aspectos infantis e primitivos dos membros que as compõem. Eiguer (1985) atribui como a causa dos distúrbios familiares os fenômenos cíclicos e não-cíclicos que despontam no decorrer da vida em família, à semelhança do que ocorre nas situações das crises individuais citadas por Erikson (1959). Os fenômenos cíclicos seriam oriundos das diferentes fases do desenvolvimento normal, como, por exemplo: nascimento, morte, casamento; e os fenômenos não cíclicos, provenientes dos percalços ou acidentes da vida, tais como: doença, perda de emprego, mudança de cidade ou de país, entre outros.

Ainda, nessa abordagem, o conflito familiar, quando se externaliza, via de regra se manifesta através do membro mais suscetível – o "bode expiatório". Pichón-Rivière (1975), ao descrever o surgimento do "bode expiatório", afirma que este é criado quando a família quer evitar mudanças para não ter de enfrentar duas ansiedades básicas ligadas a elas: a ansiedade depressiva, que se origina no medo de se perder o que já existe e é conhecido; e a ansiedade persecutória, que se baseia no medo de sofrer ataques que poderão sobrevir do que é novo e desconhecido. Bauleo (1982), ao se referir a esse mecanismo de surgimento do "bode expiatório", conclui que ele se constitui na teoria explicativa entre enfermidade individual e familiar. Já Laing (1972) afirma que a existência e a união da família dependem do que ele denomina "família", definida como sendo o resultado da internalização do conjunto de relações mantidas entre pessoas que habitam um mesmo local, sejam elas ligadas por laços de sangue, casamento ou parentesco. Com significado semelhante, Meyer (2002) denomina "familidade" a parte da personalidade de cada membro familiar que dá a ele "o sentimento de que *ele é uma família* e que o faz sentir *que tem uma família*". E afirma que essa parte só emerge quando ele se encontra dentro do seu grupo familiar.

Alguns terapeutas de família, independente das abordagens utilizadas, encontraram resultados terapêuticos que não apenas confirmam a eficiência da terapia familiar como método curativo, mas também como método preventivo. Langsley *et al.* (1981) e Friedman e Pettus (1985) verificaram que o trabalho familiar por eles realizado permitiu evitar a internação de pacientes em crise; e, conseqüentemente, as nocivas seqüelas que dela lhes restariam. E que, se as internações eram inevitáveis, elas se tornavam, pelo menos, de curta duração, facilitando o retorno dos indivíduos ao seio familiar e à vida ativa. Brown (1980) sugere que, em situações de crise familiar, com o objetivo de ajudar a família a recompor o equilíbrio perdido em função do impacto causado por um acontecimento doloroso como, por exemplo, a doença de um de seus membros, a terapia deve ser breve e compreender medidas suportivas e reeducativas. Breves em sua duração são também as terapias em família realizadas por Shazer (1986). Dadds (1987) e Soifer (1983), que trabalham com pacientes infantis, consideram extremamente úteis e oportunas a inclusão dos pais na terapia do filho. A proximidade e a acessibilidade dos pais oferecem ao terapeuta infantil a oportunidade de ajudá-los a lidar com a culpa que sentem em relação ao filho-problema; e, o mais importante, a oportunidade de cuidar para que os pais não retirem prematuramente o filho da terapia logo aos primeiros sinais de sua melhora, por considerarem esta uma grave ameaça ao *status quo* familiar (Rosenfeld, 1965).

Com base nessas breves considerações teóricas entendemos que as terapias familiares, quaisquer que sejam seu referencial teórico ou metodologia utilizada, possuem uma característica em comum: todas elas empreendem um esforço no sentido de integrar o doente e sua família num tratamento em conjunto, considerando que o primeiro é a expressão de um distúrbio que se localiza no segundo. Este procedimento é inverso ao que tem prevalecido na prática tradicional, que tem sido separar ou dissociar as duas partes, e cuidar do sintoma ou do membro familiar-problema trazido para tratamento isolando-o dos fatores causais – os demais membros familiares e suas inter-relações –, os quais permanecem intocados, protegidos pela suposta condição de serem saudáveis. Nesse sentido, as terapias familiares resgataram uma verdade inquestionável: a de que paciente e sua família estão inexoravelmente interligados entre si, envolvidos em um processo contínuo e recíproco de causa e efeito.

O Casal

O estudo sobre família está centrado, freqüentemente, na relação entre pais e filhos, mais especificamente na relação entre mãe e filho, considerando que são os desajustes nessa relação – influenciados por fatores constitucionais – que formarão os membros doentes e problemáticos. Porém, para uma compreensão mais completa a respeito da dinâmica familiar é importante circunscrever a díade formada pelo casal parental e conhecer a interação que se estabelece entre eles; pois é nela que está contido o germe original da nova família. Berenstein (1973) diz que, por mais caótica e incompreensível que possa parecer aos olhos de um estranho o que se passa entre um casal, existe sempre uma coerência intrínseca e particular, feita a partir da complementaridade recíproca das necessidades emocionais dos cônjuges. Lidz *et al.* (1971b), ao estudarem pais de pacientes esquizofrênicos por meio de testes projetivos e entrevistas familiares, algumas destas realizadas em domicílio, verificaram que seus relacionamentos conjugais eram, na sua grande maioria, infelizes. Nessas famílias, os filhos estavam impedidos de se tornar indivíduos independentes e dotados de autonomia. Eram quase sempre manipulados pelo cônjuge insatisfeito para servir como seu aliado na disputa que empreendia contra o outro; ou, então, como objeto de realização erótica, o que abria caminho, mais tarde, para manifestações de tendências homossexuais latentes. Desse estudo, os autores levantaram algumas constantes que apareciam com elevada freqüência nas famílias-problema (grupo experimental) ao contrário das famílias normais (grupo controle). Por exemplo, nas famílias do grupo experimental não havia uma nítida separação entre as gerações. Os cônjuges, não se desligando de seus progenitores, não podiam constituir-se como casal e nem constituir uma família, rejeitando seu papel conjugal e parental, e tendendo a converter seus filhos em rivais na disputa pela atenção do parceiro.

A história familiar passada e as experiências emocionais individuais interiorizadas em cada um dos cônjuges, e trazidas para o casamento, constituem os embriões que irão moldar a família que eles irão formar. A esse respeito, Lewis (1986) menciona que os cônjuges costumam reproduzir no casamento os comportamentos de seus próprios pais. Nessa reprodução, tem destaque importante, segundo Pincus e Dare (1981), as situações edípicas e os chamados "mitos familiares", sobre os quais se fundamenta o "contrato secreto do casamento". Quando esse contrato é um "pacto ilusório" (Kalina, 1989), ele é capaz de gerar membros adictos a drogas. Andolfi *et al.* (1984), para ilustrar essa importância da vida familiar passada dos pais sobre os filhos, cita Bowen (1978), que afirma ser possível prever, já na infância, como será o curso do desenvolvimento de uma criança a partir do conhecimento que se tem a respeito de seus pais e das experiências por eles vividas em suas respectivas famílias de origem. Por essas razões, Beatman (1970) inclui os avós na terapia familiar. Este autor acredita que certos avós reforçam a imaturidade dos jovens casais, os quais, não conseguindo romper os laços com a família original, não podem assumir uma identidade independente como casal e nem tampouco assumir papéis conjugais e parentais diferenciados. Para Satir (1976), o casal é o "eixo central" da estrutura e do relacionamento familiar, e é dele que provém grande parte dos fatores que predispõem a família a se manter saudável ou a se encaminhar para a doença. Winnicott (1965) diz que a saúde ou a doença da família depende principalmente da maturidade do casal, que é atingida quando os cônjuges conseguem neutralizar o ódio neles contido e se tornam capazes de conter o ódio que os filhos lançam sobre eles. Dadds (1987), ao estudar crianças com distúrbios de conduta, verificou que, muitas vezes, as desavenças entre o casal causam mais prejuízos aos filhos do a que separação, e que os meninos são os mais atingidos do que as meninas. Em geral, atesta Haley (1979), o casal usa os filhos para expressar dificuldades presentes na relação conjugal, e sobre as quais não se dão conta; ou, se se dão conta, não sabem como lidar adequadamente. Para esses casos, o mais indicado, diz ele, é a terapia de casal, conjugando sessões conjuntas e individuais, para que nestas, cada cônjuge possa expor segredos pessoais e incomunicáveis ao parceiro, como, por exemplo, relacionamentos extraconjugais ou idéias relacionadas ao divórcio. Essa posição é também defendida por Wells e Gianetti (1986), que argumentam que tal flexibilidade é necessária para ajudar casais que se encontram em conflito. Berenstein (1968), porém, discorda dessas opiniões. Para ele, a terapia de casal deve ser de longa duração, e as sessões só devem ser realizadas com a presença de ambos os cônjuges, para que o terapeuta não se torne "refém" do cônjuge que, ao ser atendido sozinho, o transforma em seu cúmplice, ao lhe comunicar segredos que o cônjuge ausente não deve saber jamais.

Capítulo 2
Histórico e Origem da Psicoterapia Preventiva da Família

A Psicoterapia Preventiva da Família

Psicoterapia Preventiva da Família foi a denominação dada a um modelo de psicoterapia familiar que começou a ser concebida quando, em uma experiência com mães moradoras de uma favela, constatou-se que elas expressavam livremente seus sentimentos e relatavam sem reservas suas intimidades pessoais e familiares quando se encontravam em seus lares, ao contrário do que ocorria quando participavam das reuniões de mães para as quais eram convidadas.

Tendo sido concebida para se tornar um instrumento terapêutico preventivo, a Psicoterapia Preventiva da Família adota procedimentos técnicos e metodológicos utilizados por autores que trabalham com famílias (entre os quais os anteriormente mencionados), e que se mostraram úteis em seu objetivo: duração breve; entrevistas e sessões terapêuticas realizadas no domicílio da família, quando se mostraram necessárias; inclusão de pessoas não pertencentes ao núcleo familiar no processo terapêutico desde que sejam significativas no contexto da dinâmica familiar; abordagem terapêutica flexível. E outros que foram sendo instituídos à medida que a prática foi mostrando serem necessários para consolidar o caráter preventivo pretendido:

a) além do referencial psicanalítico, a adoção do *referencial adaptativo* (Simon, 1989;1998a) que lhe possibilita atender maior variedade de famílias sem precisar recorrer a critérios de exclusão;
b) o conceito de *situação-problema familiar*, derivado do referencial adaptativo, que se constitui no conjunto de fatores individuais e/ou familiares que favorecem o desentendimento e a ineficácia da adaptação familiar;
c) a prática das chamadas *pausas* e dos chamados *retornos trimestrais,* recursos técnicos utilizados para interromper o trabalho terapêutico nos momentos em que as famílias passam a apresentar forte resistência ao seu prosseguimento, para retomá-lo dali a três meses, na expectativa de que, durante esse período, tendo havido um abrandamento da resistência, ele possa continuar seguindo seu curso em direção a um aprofundamento e melhor elaboração da situação-problema existente; os retornos trimestrais são também utilizados depois de concluída a terapia, pois, a longo prazo, eles permitem o acesso progressivo às camadas mais inconscientes da dinâmica familiar; e ainda, à consecução de importantes finalidades preventivas, quais sejam, a de detectar uma situação-problema que não era evidente; ou, que surgiu no intervalo do trimestre anterior.

A Psicoterapia Preventiva da Família é realizada em duas fases: a primeira, denominada *fase diagnóstica*, visa à definição da situação-problema familiar a ser trabalhada terapeuticamente, e é realizada em três ou quatro entrevistas semanais com duração de sessenta minutos cada; a segunda fase, a *fase terapêutica* propriamente dita, na qual se busca compreender os conflitos inconscientes que deram origem à situação-problema familiar, compõe um número de sessões que varia de doze a, no máximo, dezoito sessões semanais, também de sessenta minutos cada. Seu enfoque é familiar, e tem como local de atendimento *sempre a residência da família* – desde que não haja contra-indicações intransponíves. Dentro do enfoque familiar, considera que, atendendo a família – mesmo que uma parte dela, já que dificilmente todos os membros de uma família se dispõem a participar, em conjunto, do atendimento –, o terapeuta tem a possibilidade de alcançar as fontes da situação-problema familiar, localizadas, geralmente, nos pais ou na relação conjugal criada por eles, sem precisar restringir seu atendimento ao tratamento do "sintoma" familiar; ou seja, do membro familiar que, estigmatizado por todos os demais, é transformado no "bode expiatório" da família, aquele a quem todos chamam pejorativamente de "louco". Sob esse enfoque, a atuação preventiva (prevenção secundária) da Psicoterapia Preventiva da Família se torna mais eficiente; e, certamente, mais duradoura, na medida em que favorece a integração das duas partes da família que se encontram cindidas: uma parte que se outorga a condição de ser sadia, e a outra, que é tida como doente. Poder alcançar e lidar com as origens da situação-problema familiar representa ainda uma ação preventiva primária, ao evitar que outros membros vulneráveis venham a ocupar o lugar de "bode expiatório", em substituição àquele que, fortalecido pela psicoterapia, passa a recusar o penoso e incômodo papel qua a família lhe atribuía. Quando o atendimento familiar se dá no domicílio da família a compreensão que o terapeuta obtém da dinâmica inconsciente que determina os papéis de cada membro familiar e opera as interações existentes entre eles é objetivamente percebida, em vez do atendimento no consultório, no qual as relações são descritivas e, portanto, subjetivas. Estando em sua própria casa, a família, sentindo-se mais segura e confiante, age com maior espontaneidade, e revela peculiaridades que ficariam encobertas em um ambiente para ela mais formal e desconhecido como seria o consultório do terapeuta.

Na casa, tendo todo o espaço domiciliar como local de atendimento, a família recorre a todos os elementos nele existentes, humanos ou materiais, para expressar suas mensagens transferenciais e cotransferenciais (Simon, 2001; 2004), tanto as positivas como as negativas, além da resistência, da ambivalência, entre outras, as quais, adquirindo maior concretude (*actig-out*), tornam-se mais primitivas e vigorosas; embora propiciem, por sua vez, a emergência de intensos sentimentos cotransferenciais, muitas vezes difíceis de serem compreendidos e manejados pelo terapeuta. Simon (2001) denomina por **cotransferência** as transferências vivenciadas pelo paciente com pessoas significativas do presente ou da infância que não o terapeuta, as quais "... podem ser interpretadas em seus aspectos defensivos ou irrealisticamente gratificantes, trazendo *insight* sobre as origens inconscientes em relações do passado ou na fantasia. E ainda, que tais interpretações transferenciais com pessoas outras que não o terapeuta podem levar a mudanças nas relações afetivas com os objetos externos atuais". (p. 9) O atendimento domiciliar traz ainda a vantagem de incluir gradativamente os membros inicialmente mais resistentes ao processo terapêutico, e de permitir que pessoas seriamente comprometidas, física ou mentalmente, e por isso incapacitadas de saírem de suas casa, possam receber a ajuda terapêutica que necessitam, seja sob forma de tratamento ou de rehabilitação (procedimentos próprios, respectivamente, da prevenção secudária e terciária).

Mantendo ainda a perspectiva preventiva, a abordagem terapêutica que a Psicoterapia Preventiva da Família recorre é flexível, composta das modalidades suportiva, reeducativa e reconstrutiva (Wolberg, 1967), aplicadas isoladamente ou combinadas entre si, de acordo com a acessibilidade terapêutica demonstrada pelas famílias e a formação profissional dos profissionais preventivistas. Ela não tem a pretensão de conseguir, em curto espaço de tempo, mudanças profundas na estrutura familiar. Espera que essas mudanças, quando possíveis – pois algumas famílias apresentam pouquíssima capacidade para realizar transformações internas –, venham a ser alcançadas a médio ou longo prazo através das pausas e dos retornos trimestrais. Pois as famílias que possuem pouca capacidade para *insigth* encontram-se tão dissociadas que o acesso ao seu inconsciente é lento e vagaroso.

Início de Tudo

A Psicoterapia Preventiva da Família não surgiu de repente e pronta. Ela veio como resultado de uma busca por nós iniciada em 1979, no Departamento de Psicologia Preventiva que instituímos nas Faculdades Metropolitanas Unidas (FMU); e que, três anos depois, continuou sendo feita pela Sociedade de Psicologia Clínica Preventiva. Na época, em contato com a realidade da população brasileira, sentimos a necessidade de desenvolver um método clínico que atendesse aos objetivos preventivos que nos propúnhamos e fosse aplicável aos vários segmentos da comunidade em geral, independente de suas condições econômicas, sociais ou culturais (Simon, 1981).

Uma vez que o modelo pretendido deveria ser adequado à realidade brasileira, preferimos, quando de sua criação, não nos basear em nenhum modelo existente, esperando que a prática nos ensinasse e nos estimulasse a tomar os caminhos mais acertados e mais promissores.

No ano de 1979, eu, como coordenadora, e mais quatro colegas – Elisabete Garcia Oberding, Elamar Vieira, Lourdes Santina Tomazella e Suzana Alves Viana –, como supervisoras, iniciamos a criação do Departamento de Psicologia Clínica Preventiva no Setor de Estágios Supervisionados do curso de Psicologia das Faculdades Metropolitanas Unidas (FMU) na cidade de São Paulo. Nosso intuito era oferecer aos cerca de seiscentos alunos estagiários do quinto ano a experiência de realizarem um trabalho psicológico que, fora do âmbito do consultório privado, atendesse às necessidades da coletividade em geral, e ampliasse, assim, seu alcance a pessoas que, provavelmente, nunca haviam tido ou teriam acesso a ele. Nesse início, procuramos aplicar os conhecimentos preventivos que possuíamos, obtidos em experiências anteriores nas áreas educacional e hospitalar. Mas, diante da enormidade da tarefa que tínhamos pela frente e do montante de angústia que ela nos despertava, e que nem a experiência e nem o interesse que existiam dentro de nós pareciam suficientes para nos fazer superá-la, recorremos ao Prof. Ryad Simon para que ele nos orientasse e nos assessorasse.

Contatamos então diversas instituições, todas elas diferentes entre si, quer em sua estrutura e organização, quer no tipo de assistência oferecida: centro de saúde, paróquias, asilo para idosos, abrigo para mãe solteira e orfanato.[1] Em uma das paróquias onde atuávamos soubemos que nas proximidades havia uma favela cujos moradores freqüentavam a igreja paroquial e participavam das atividades assistenciais que promovia. Interessamo-nos em conhecê-la, pois há muito queríamos realizar um trabalho junto de "uma vida comunitária", que, segundo Bleger (1966), é constituída a partir da vida das pessoas que a compõem, não havendo planejamentos ou tarefas comuns a serem executadas, e cuja delimitação geográfica é sempre relativa, pois ela é parte de um todo maior que é a população global. Mas não sabíamos como nos aproximar dela. Eram muitas as nossas fantasias a respeito do que estaria a nos aguardar caso adentrássemos, por nossa conta, nessa célula social. Resolvemos então pedir orientação (ou teria sido permissão?) ao pároco. E, seguindo seu conselho, iniciamos visitas à favela acompanhando as senhoras da Pastoral da Saúde, que iam regularmente levar auxílio espiritual e material (alimentos, roupas e remédios) a seus moradores. Sendo essas senhoras já bastante conhecidas e benquistas por eles, acreditávamos que elas poderiam facilitar a nossa penetração e ambientação na favela, e que nós, assim como a nossa proposta de trabalho, seriam tão bem recebidos quanto elas o foram.

A favela (que hoje já não mais existe) estava encravada em meio a bairros de classe média e média-alta do município de São Paulo. Ela era imensa: nessa época, uma das maiores do município. Densamente povoada, o número de barracos era de aproximadamente um milhar, o que dava uma população estimada em torno de 8 mil a 10 mil habitantes. Durante as visitas íamos aos barracos e convidávamos seus moradores a se reunirem conosco para conversarmos sobre assuntos referentes à comunidade onde viviam. Pretendíamos, através desses encontros, conhecer a população, seus proble-

---

1. Parte das atividades desenvolvidas nessas instituições encontra-se publicada em: Oberding, E.G. (1981), Viana, S.A. (1981), Tomazella, L.S. (1981), Yamamoto, K. (1981).

mas, e de que maneira os enfrentavam, para, a partir daí, planejarmos como e onde nossa participação poderia ser-lhes útil. O local dos encontros seria a capela localizada junto à entrada principal da favela e que se encontrava em fase final de construção. De acordo com as explicações do pároco a capela fora construída para que os favelados e os moradores das adjacências não precisassem se deslocar até a igreja paroquial, evitando, assim, terem de percorrer a distância de quase dois quilômetros que os separavam dela. Como pudemos constatar mais tarde, este motivo era o *motivo manifesto*.[2] O comparecimento dos moradores à primeira reunião foi maciço. Estavam presentes cerca de quarenta pessoas, entre homens e mulheres. Eles nos haviam confundido com assistentes sociais da Prefeitura. Tinham comparecido na expectativa de serem ouvidos e acolhidas suas reivindicações de ajuda material – água encanada e luz elétrica para a favela. Esclarecido o equívoco tornamos a explicar que éramos psicólogas, e que não fazia parte de nossas atribuições trazer água encanada e luz elétrica para eles. Mas que poderíamos ajudá-los a se organizar, para que eles, com seus próprios recursos, pudessem obter as melhorias desejadas. Entusiasmados, trocaram entre si e conosco muitas idéias e sugestões que os levariam à consecução de suas reinvindicações. Ao final da reunião estavam formadas três "comissões de trabalho". Essas comissões iriam verificar quais providências deveriam ser tomadas junto à Prefeitura e à Eletropaulo para solicitar a vinda da água encanada e da luz elétrica para a favela, e saber quanto custaria a compra dos postes para a instalação da rede elétrica. Na segunda reunião, para nossa surpresa, faltaram praticamente quase todos os moradores que haviam estado na primeira. E, dentre os poucos que compareceram, nenhum deles tinha algo a dizer sobre as tarefas que haviam sido designadas para as comissões. E, na terceira reunião do grupo inicial, nenhum morador compareceu. No entanto, dessas três reuniões haviam restado algumas mães que queriam esclarecimentos para certos proble-

---

2. Para maiores detalhes sobre o assunto vide Yamamoto, K. (1981).

mas pessoais e domésticos. Elas queriam ajuda para as dificuldades que enfrentavam em sua rotina diária: dúvidas com relação à educação dos filhos e como lidar com o marido que bebia e batia nelas na presença dos filhos. As questões que agora traziam eram pertinentes a um trabalho psicológico. E, assim, o grupo inicial, que pretendia ser diversificado, acabou se transformando em grupo de mães. Porém, não se desenvolvia nesse grupo de mães a identidade grupal. As mães se comportavam como se estivessem em uma fila de posto de saúde, à espera da vez de fazerem uma consulta individual com o psicólogo. E, quando recebiam o que tinham vindo buscar, iam embora; e, na maioria das vezes, não retornavam ao grupo na semana seguinte. Caso permanecessem, não conseguiam conversar entre si, nem mesmo quando o problema apresentado por uma das mães era comum a muitas delas, como, por exemplo, a enurese dos filhos. Elas não se davam conta que a discussão do relato de suas experiências poderia ser útil e proveitosa para todas. Não tinham noção da ajuda recíproca e ficavam passivamente esperando a intervenção do psicólogo, único detentor do conhecimento segundo suas idealizações.

Como continuávamos indo aos barracos em companhia das paroquianas passamos a fazer convites dirigidos especificamente às outras mães para que viessem participar de nosso grupo de mães. Elas nos diziam que gostariam, sim, de participar, mas não tinham onde e nem com quem deixar seus filhos pequenos. Para sanar essa dificuldade, organizamos grupos de atividades para crianças. Assim, enquanto as mães estivessem em um grupo, seus filhos estariam em outro, coordenados por nossos estagiários, desenvolvendo, através do jogo e do brincar, a criatividade, a sociabilidade, a capacidade de expressão e o treino motor. Com o tempo, e apesar de nossos esforços, a presença das mães foi rareando. Em contrapartida, aumentava a cada semana o número de crianças que compareciam aos grupos de atividades. Elas vinham trazidas pelas outras, as mais antigas, independentemente de suas mães estarem ou não participando do grupo de mães. O grupo de atividades era, para elas, uma oportunidade única de brincar, desenhar e pintar em um ambiente amistoso, com material lúdico simples, porém interessante e motivador. É importante lembrar o caráter preventivo desses grupos, pois essas crianças, diferentemente das crianças economicamente mais favorecidas, tinham poucas oportunidades de lazer e somente iam para a escola quando completavam sete anos de idade.

Quando os grupos de atividade se encerravam, em geral ao entardecer, precisávamos acompanhar muitas das crianças até seus barracos. Nosso receio era de que elas pudessem ser atacadas ou que algo de ruim lhes acontecesse no trajeto de volta. Nossa preocupação não era infundada. As ruelas da favela eram muito estreitas e semelhantes entre si, sem nenhuma identificação ou sinalização, formando um verdadeiro labirinto por onde as crianças facilmente poderiam se confundir e se perder. Para agravar nossa preocupação, durante nossas andanças havíamos observado que, mesmo em dias de semana, havia muitos homens, ainda jovens e saudáveis, ociosamente sentados à porta de seus barracos, sozinhos ou conversando em grupo, enquanto suas mulheres ganhavam o sustento da família trabalhando como faxineiras ou como domésticas em casas de família. E, para tornar o quadro ainda mais preocupante, sabíamos que viviam na favela muitos marginais, alguns até procurados pela Polícia, como tivemos oportunidade de testemunhar.

Ao entregarmos as crianças, éramos convidadas a entrar nos barracos para um "cafezinho". E durante o "cafezinho", as mães começavam a entabular conosco uma descontraída conversação sobre generalidades, e também sobre assuntos que diziam respeito a aspectos íntimos de sua vida pessoal e familiar. Desinibidas e muito à vontade, as mães se portavam com uma naturalidade nunca antes vista quando estavam em grupo. Essa atitude nos fez ponderar que as mães, certamente, se sentiam mais seguras e confiantes para abrir seus corações e expor sua intimidade quando se encontravam em seu próprio ambiente. E que, fora dele, receosas, se contraíam e silenciavam. Compreendemos então que para nos aproximarmos delas era necessário que agíssemos como os antropólogos; ou seja, irmos a busca delas dentro do seu *hábitat* natural e não tentar retirá-las de seu ambiente. O Prof. Ryad Simon, em comunicação pessoal, relatou-nos uma experiência semelhante que teve em 1962, quando participou de um programa preventivo organizado pelo Departamento de Medicina Preventiva da Escola Paulista de Medicina que incluía visitas domiciliares. Suas conclusões foram muito parecidas com as que estávamos encontrando.

Animados com essa nova perspectiva, decidimos intensificar as visitas aos barracos para conversas mais regulares e mais demoradas. Porém, tempos depois, tivemos de abandonar o projeto. Começaram a surgir ameaças contra nossa integridade física por parte de alguns moradores que, enciumados por pensarem que estávamos privilegiando as famílias que visitávamos e não as deles, diziam estar se sentindo lesados e preteridos. E prometiam, para breve, um acerto de contas. Temerosos do que poderia acontecer a todos nós, supervisoras e estagiários, decidimos preventivamente – já que éramos preventivistas – deixar a favela ao final do ano de 1980. Ao tomarmos essa decisão, levamos em consideração, além da questão segurança, o fato de que possuíamos, ainda, muito pouco conhecimento a respeito do que se passava em uma favela, o que nos limitava em termos de ação e de ajuda efetiva. Somava-se a isso as difíceis condições de vida na favela, as quais, de tão precárias, beiravam à miséria. Seus moradores estavam tão absorvidos pelos problemas de sobrevivência e ascensão social que não lhes restavam condições para se ocuparem de questões de natureza emocional ou psicológica. A maioria dos moradores subsistia de ocupações mal remuneradas como vigias de prédios em construção, ajudantes de pedreiro, ou de serviços ocasionais ("bicos"). Alguns poucos eram assalariados, trabalhando como peões de indústria, varredores de rua, faxineiros de prédios, entre outros. E havia um número indefinido de pessoas com "fontes de renda anti-sociais: assaltantes, traficantes e 'trombadinhas'".

Estudo-Piloto

Abandonamos o trabalho na favela, mas não a idéia de atender as famílias em seus domicílios. Resolvemos então transferir o nosso campo de trabalho para uma outra região onde a carência material não fosse tão premente como na favela e as famílias tivessem pelo menos preenchidas as necessidades básicas de sobrevivência (Yamamoto *et al.*, 1983).

A região escolhida para implantar nossa proposta de trabalho familiar em domicílio foi o município de Taboão da Serra, na Grande São Paulo. Mais precisamente, na área que circundava a creche Asas Brancas, o orfanato no qual já realizávamos um trabalho institucional. A população dessa região era composta por pessoas com empregos estáveis em indústrias localizadas no próprio município ou no município de São Paulo; e pequenos comerciantes locais. As mulheres, em sua maioria, eram donas de casa. Viviam com seus filhos em casas simples, e até modestas, mas sem a precariedade que havia na favela.

Encontrávamo-nos, como no início do trabalho na favela, diante do novo e do desconhecido. Precisávamos planejar qual caminho seguir para fazer nossa entrada na nova comunidade. Não tínhamos, agora, quem nos guiasse e nos apresentasse às famílias daquela região. E, nem tampouco, pretendíamos procurá-lo. A experiência na favela nos havia ensinado que tentar chegar à comunidade através de seus líderes, instituídos ou não, poderia não apenas limitar nossa liberdade de ação; nos traria, novamente, o risco de sermos, involuntariamente, envolvidos no jogo de interesses pessoais e políticos de seus moradores. Porém, se ficássemos esperando as pessoas virem nos procurar espontaneamente, isso só iria acontecer quando elas já estivessem passando por graves e sérios problemas. Sabíamos que o preconceito sobre a doença mental, o medo da loucura, e o alto custo financeiro que eles geralmente implicam, e que costumam assustar as pessoas e retardar sua busca pela ajuda do psicólogo, só faria agravar o problema por ventura já existente e, portanto, exigir alongamento da psicoterapia. Em vista disso, planejamos ir até elas, nos apresentando e à nossa proposta de trabalho familiar. Pretendíamos, com esse procedimento, dar conhecimento às famílias sobre a natureza do nosso trabalho, nossos objetivos e método, para que elas, livres dos preconceitos e dos tabus, ficassem mais propensas a aceitar a ajuda que oferecíamos, caso estivessem passando por alguma dificuldade específica; e, com isto, contemplando uma importante medida de prevenção secundária – o diagnóstico precoce. Mesmo que não houvesse dificuldades, poderíamos esclarecer que a entrevista psicológica poderia ser útil, não somente para ajudar a melhorar ou reforçar o que já estava bem, mas, principalmente, para evitar o surgimento de imprevistos desagradáveis no futuro. Contávamos ainda com o fato de que nossa existência não era totalmente desconhecida por aquela parcela da comunidade. A creche Asas Brancas mantinha em suas dependências uma escola estadual de primeiro grau onde estudavam as crianças internas e as das redondezas. Para lidar com os problemas escolares das internas íamos com freqüência até a escola para conversar com as professoras e a diretora, o que acabou nos tornando figuras familiares para estas e também para as mães que acompanhavam seus filhos. Apesar disso, não nos sentíamos seguros sobre como seríamos recebidos se fôssemos bater à porta de suas casas.

Elaboramos então um estudo-piloto para testar a receptividade da população à forma de aproximação que havíamos idealizado. Executamo-lo em uma outra região de Taboão da Serra, cujos moradores possuíam características socioeconômica e cultural bastante parecidas com as da população que morava em torno da creche.

Os resultados desse estudo-piloto foram de certa maneira surpreendentes. Algumas poucas famílias, suspeitando que fôssemos membros da seita Testemunhas de Jeová, vendedoras de livros ou do Baú da Felicidade; ou, quem sabe, até assaltantes, não chegavam nem mesmo até o portão; e muito menos nos ouviam, dispensando-nos brusca e rudemente. Mas muitas outras, ao contrário, atendiam-nos bem, e nos convidavam a entrar. Estávamos constatando que, se havia uma parcela da população que se mostrava desconfiada e arredia à nossa aproximação, havia uma outra, bem maior, que, acreditando em nossa proposta preventiva, recebia-nos em sua casa e se dispunha a conversar conosco sobre particularidades da vida em família. Com base nessa experiência, que se mostrou positiva, concluímos que, para infundir maior confiança na população, deveríamos redigir uma carta onde nos identificávamos e nos apresentávamos, assim como nossa proposta de atendimento familiar. Essa carta seria entregue, a partir de então, a cada família da região onde pretendíamos implantar, em definitivo, o nosso trabalho familiar.

Estágio Inicial do Desenvolvimento

Concluído o estudo-piloto, e retornando aos arredores da creche Asas Brancas, delimitamos a área geográfica na qual iríamos trabalhar. Tínhamos três objetivos principais. O primeiro era desenvolver um método de atendimento familiar em domicílio com finalidades preventivas. Sem nos atermos a nenhum modelo preconcebido, deixamos que ele fosse se estruturando a partir de sua prática, cuidando apenas para que ele não se distanciasse de nossas finalidades preventivas. O segundo era entrevistar todas as famílias da área delimitada, para estudo e levantamento das características da população que nela vivia. Este levantamento populacional iria nos direcionar quando da implantação de outros serviços comunitários que detectássemos como sendo necessárias para a população local, desde que, naturalmente, estivessem ao alcance de nossos recursos pessoais e profissionais. E o terceiro objetivo era testar a validade da Escala Diagnóstica Adaptativa das Relações Familiares, fundamentada no Sistema Diagnóstico Adaptativo Operacionalizado – SISDAO, aí incluída a Escala Diagnóstica Adaptativa Operacionalizada – EDAO, ambos construídos pelo Prof. Ryad Simon (eles serão vistos no capítulo a seguir), para avaliação da eficácia adaptativa das interações familiares de acordo com critérios relacionais. A validação, que seria feita com base nos resultados terapêuticos obtidos com a Psicoterapia Preventiva da Família, permitiria ao psicólogo agilizar sua tarefa em localizar, de maneira operacional, os pontos onde se concentram as tensões familiares, fossem no plano individual, fossem no plano familiar.

Na etapa inicial de nosso trabalho, determinamos que a Psicoterapia Preventiva da Família teria duas fases: *fase de entrevistas preventivas*[3] para fins de diagnóstico; e *fase da psicoterapia propriamente dita*. Essas duas fases eram bem demarcadas e assim apresentadas às famílias. A fase diagnóstica era extensa e abrangente, estendendo-se a todos os familiares. Havíamos notado que a família, quando aceita um atendimento, tem sempre uma queixa, a *queixa manifesta* que é o relato consciente de uma situação adaptativa que está causando transtornos à família ou algum membro. Muitas vezes, além da queixa manifesta, existe uma outra, a *queixa latente*, esta inconsciente para a família. Em determinadas situações, como as de crise, as queixas manifestas e latentes coincidem. Para esclarecer a queixa manifesta, e, se fosse o caso, a queixa latente, realizávamos entrevistas exaustivas com as famílias para colher dados sobre todos os membros familiares e as interações existentes entre eles. Porém, a reação das famílias diante do que havíamos determinado, foi um tanto inesperada. O tempo requerido para obtermos todas as informações desejadas era realmente bastante grande, cerca de seis a sete semanas. Com a demora, as famílias, ansiosas por verem resolvidos seus problemas, começaram a se mostrar frustradas e impacientes. Elas não compreendiam por que queríamos conhecer a vida de todos da casa se o problema estava em apenas um deles. E passaram a dar sinais de que a motivação para continuar as entrevistas diminuía, fazendo surgir resistências que acabavam prolongando ainda mais a conclusão diagnóstica. Muitas famílias, não suportando a espera, e diante da falta de resultados imediatos, acabaram desistindo do atendimento sem disfarçar seu desapontamento. Era então a vez dos psicólogos se sentirem frustrados e angustiados, julgando-se responsáveis pelas desistências ocorridas. Acreditando-se incapazes e impotentes como terapeutas,

---

3. A entrevista é dita preventiva quando a iniciativa de sua realização é feita pelo profissional e não pelo paciente como acontece na prática tradicional. Para conhecê-la melhor – sua importância e peculiaridades –, vide capítulo 4 do livro *Psicologia Clínica Preventiva. Novos Fundamentos* (Simon, 1989).

era a vez deles perderem a motivação para iniciar novos atendimentos com outras famílias. Em parte eles tinham razão. A fase diagnóstica, como fora planejada, demandava muitas semanas, além do previsto; também, naturalmente, em virtude da pouca experiência clínica dos participantes do projeto – de início, alunos-estagiários do curso de Psicologia da FMU, e, na seqüência, psicólogos recém-formados matriculados no curso de Especialização em Psicologia Clínica Preventiva da Sociedade de Psicologia Clínica Preventiva (esta Sociedade será apresentada logo adiante). Na fase terapêutica percebíamos que essa mesma inexperiência continuava a limitar a atuação dos jovens psicólogos. A maior parte deles não possuía habilidade necessária para interpretar adequadamente, ainda que de forma teorizada (Simon, 2005), os elementos inconscientes ligados aos transtornos de familiares; e nem para lidarem com as resistências e as situações transferencial e contratransferencial que inevitavelmente surgiriam. Mas, por outro lado, mesmo que eles fossem capazes, nem todas as famílias se encontravam preparadas para receber, no limitado espaço de tempo que durava a Psicoterapia Preventiva da Família, material profundo e desconhecido sobre si mesmas.

Diante de tudo isso, refletimos se não havia chegado o momento de introduzir modificações no método idealizado. Abolimos então a rígida distinção que fazíamos entre as fases diagnóstica e terapêutica, e decidimos, sem aguardar pela fase terapêutica, realizar intervenções desde a primeira entrevista. Sendo logo gratificadas, esperávamos que as famílias ficassem mais motivadas para continuar o processo preventivo iniciado. E, contendo nossa ambição, postergamos para outro momento a validação da Escala Diagnóstica Adaptativa das Relações Familiares (que até hoje permanece inacabada).

A Sociedade de Psicologia Clínica Preventiva

Em dezembro de 1981, alegando questões salariais, as Faculdades Metropolitanas Unidas demitiram todos os 24 psicólogos que compunham o quadro de coordenadores e supervisores dos cinco departamentos existentes no Setor de Estágios Supervisionados. Embora de certa forma aguardada, a notícia nos deixou momentaneamente atônitos; e, em seguida, preocupados com o destino que nosso trabalho preventivo iria ter. Algum tempo depois, já superados os sentimentos de tristeza e de orfandade que nos envolveram, e em conversa com o Prof. Ryad Simon, decidimos fundar uma sociedade de estudos em prevenção, para, através dela, dar continuidade ao trabalho que havíamos criado e que tanto nos empolgava. Assim, das cinzas do Departamento de Psicologia Preventiva da FMU nasceu a Sociedade de Psicologia Clínica Preventiva, juridicamente constituída em 1982 (e extinta em 2005), tendo como presidente o Prof. Ryad Simon; e nós, ex-supervisoras das FMU, como membros da diretoria e docentes-supervisoras.

A Sociedade, quando de sua fundação, tinha quatro objetivos:
1) organizar e ministrar um curso de especialização teórico-prático em Psicologia Clínica Preventiva para psicólogos formados ou estudantes do quinto ano do curso de Psicologia, visando à formação de especialistas em Psicologia Clínica Preventiva;
2) prestar assistência à comunidade em geral: instituições, famílias e indivíduos;
3) realizar pesquisas no campo da Psicologia Clínica Preventiva;
4) congregar os profissionais que atuam em serviços de saúde comunitários (psicólogos, psiquiatras, assistentes sociais, enfermeiros e médicos) para troca de experiências e planejamento de estudos e pesquisas.

Nas Faculdades Metropolitanas Unidas, o elevado número de alunos-estagiários que tínhamos a cada ano nos permitia desenvolver plenamente as atividades programadas para as diferentes áreas de atuação preventiva (já apresentadas no início deste capítulo). Quando nos tornamos a Sociedade de Psicologia Clínica Preventiva já não podíamos contar com tantos colaboradores. Com a redução da equipe, tivemos de abandonar algumas atividades para nos dedicarmos a umas poucas. Optamos então em continuar na creche Asas Brancas e com o trabalho de atendimento familiar em domicílio. Após a fundação da Sociedade, o atendimento familiar em domicílio, antes restrito aos moradores de Taboão da Serra e adjacências, expandiu-se para outros municípios da Grande São Paulo, inclusive o município de São Paulo. Informadas por parentes e amigos, famílias dessas diversas localidades começaram a nos procurar em número cada vez maior. Foi nesse período de transição que, pretendendo que o atendimento familiar em domicílio se convertesse em atividade profissional com ganho financeiro para o psicólogo, e não mais em uma atividade assistencial e paternalista para populações de baixa renda, decidimos passar a cobrar nossos honorários. O valor de cada sessão foi fixado em 2% da renda total da família.

No encerramento da psicoterapia, as famílias eram convidadas a se associarem à Sociedade de Psicologia Preventiva, o que lhes garantiria um acompanhamento psicológico constante e por tempo indeterminado através do que denominamos "retornos trimestrais", que seriam visitas domiciliares a cada período de três meses para avaliação das condições adaptativas da família e detecção precoce, se fosse o caso, de distúrbios ainda incipientes ou de crises. Deste modo, a família ficaria permanentemente sob o acompanhamento e assistência da Sociedade de Psicologia Clínica Preventiva, o que daria mais denso sentido preventivo à Psicoterapia Preventiva da Família.

Capítulo 3
O Método da Psicoterapia Preventiva da Família

Desde sua concepção, a Psicoterapia Preventiva da Família foi sofrendo modificações até adquirir as características que a definem:
a) fundamentação teórica: psicanalítica e adaptativa (Simon, 1989);
b) enfoque preventivo: o paciente é sempre a família, mesmo quando um ou alguns de seus membros estejam efetivamente em atendimento;
c) o local para atendimento é o domicílio da família;
d) a terapia tem duração breve, mas o acompanhamento trimestral é interminável;
e) há maleabilidade na abordagem terapêutica;
f) princípios preventivos norteiam suas intervenções: conservação da adaptação eficaz da família ou sua recuperação (prevenção primária e secundária); quando não for possível, conseguir adaptação ineficaz que evite a invalidez (prevenção terciária).

Referencial Adaptativo – Teoria da Adaptação

A Psicoterapia Preventiva da Família tem como referenciais teóricos a Teoria Psicanalítica e a Teoria da Adaptação (Simon, 1989). O que nos levou a adotar a Teoria da Adaptação, além da Psicanalítica, como fundamento teórico na construção desta nossa modalidade terapêutica, foi o fato dela não restringir seu enfoque apenas para a existência ou não de sinais psicopatológicos. Baseada no conceito de *adaptação*, definida como sendo "... conjunto de respostas de um organismo vivo, em vários momentos, às situações que o modificam, permitindo manutenção de sua organização (por mínima que seja), compatível com a vida" (Simon, 1989, p. 14), considera a saúde e a doença como resultantes de um processo dinâmico entre forças complementares e antagônicas no interior de cada pessoa (Simon, 1977) e com o mundo externo. A adaptação seria, portanto, condição essencial para a existência da vida. Um organismo que não apresenta adaptação, mesmo que em grau precário, não sobrevive e morre. O que significa que todos os organismos vivos são organismos adaptados, cada qual com um nível de eficácia que varia para mais ou para menos eficaz, de acordo com as circunstâncias internas e externas. A teoria adaptativa postula que as variações da eficácia da adaptação são provocadas por estímulos que ela denomina *fatores*, os quais, internos e externos à pessoa, podem ser de duas naturezas: a) *microfatores*, quando provocam mudanças pouco perceptíveis a curto prazo, mas que, gradual e cumulativamente, promovem alterações estáveis e até permanentes; b) *macrofatores*, quando seus efeitos são imediatos, ocasionando mudanças bruscas e repentinas, às vezes de forma dramática e arrasadora. Esses fatores – os micro e os macrofatores – recebem ainda a designação de positivo ou negativo, conforme sua ação seja no sentido de favorecer, respectivamente, o incremento ou a debilitação da eficácia adaptativa. Sujeita a esses fatores, a adaptação, em determinadas circunstâncias, evolui de uma condição mais eficaz para uma menos eficaz, e, em outras, de menos eficaz para mais eficaz; e assim sucessivamente, compondo, segundo Simon, uma *História Natural da Evolução da Adaptação Humana*.[4] Essa história natural compreende, desta forma, dois períodos que, indefinidamente, se alternam entre si: um, denominado *período de adaptação estável*, e outro, *período crítico* (a crise adaptativa que determina o período crítico será visto

---

4. Para conhecer os processos que determinam as variações adaptativas, vide capítulo 6 do livro *Psicologia Clínica Preventiva. Novos Fundamentos*. (Simon, 1989).

mais adiante). No período de adaptação estável a coexistência equilibrada entre microfatores internos e externos, positivos e negativos, assegura uma certa estabilidade à adaptação. "Certa estabilidade" porque as mudanças estão sempre ocorrendo, mesmo que de forma imperceptível, e com vagar, sob a ação, como vimos, dos microfatores. A estabilidade absoluta nem seria desejável, pois, como afirma Simon, as mudanças nunca deixam de acontecer. Elas são necessárias não somente para a melhoria da adaptação, mas também para sua manutenção, pois a estimulação proveniente dos microfatores internos e externos, sejam eles positivos ou negativos, é incessante. A adaptação, ao se manter estagnada, não evolui; e, com isto, perde parte de sua eficácia adaptativa. Quando a relativa estabilidade da adaptação é abalada por um *macrofator*, instala-se o período crítico. A resolução da crise traz, na seqüência, um novo período de adaptação estável, dotado de uma maior ou menor eficácia adaptativa quando comparada à eficácia adaptativa pré-crise.

Para aferir o nível da eficácia da adaptação, Simon elaborou o Sistema Diagnóstico Adaptativo Operacionalizado – SISDAO. Esse sistema divide, didaticamente, o funcionamento global do ser humano em quatro setores:

1) setor afetivo-relacional (A-R), que abrange os sentimentos e as atitudes do indivíduo perante ele próprio e às pessoas com quem mantém contatos afetivos próximos (relações interpessoais e intrapessoais);
2) setor orgânico (Or), que se refere ao estado anatômico e fisiológico, aos sentimentos e aos cuidados do indivíduo em relação ao próprio corpo e ao seu bom funcionamento;
3) setor produtividade (Pr), que diz respeito às atitudes e sentimentos para com o estudo, trabalho ou qualquer atividade produtiva exercida pelo indivíduo e que ocupe um lugar central em sua vida no momento;
4) setor sociocultural (S-C), que abrange os sentimentos e as atitudes do indivíduo perante os valores sociais e culturais, às normas, e aos costumes da comunidade a que pertence.

A avaliação da eficácia da adaptativa é feita a partir da *adequação* das soluções adotadas diante das solicitações e necessida-

des provenientes do mundo interno e do ambiente externo. A adequação das soluções, por sua vez, é avaliada com base em três condições: 1) capacidade de resolução; 2) trazer ou não satisfação; 3) provocar ou não conflitos intrapsíquicos e/ou ambientais. De acordo com esses critérios, as soluções são classificadas em:
a) adequadas, quando solucionam os problemas existentes em cada setor da adaptação trazendo satisfação e sem provocar conflitos intra ou extrapsíquicos;
b) pouco adequadas, quando solucionam e trazem satisfação, mas provocam conflitos intra e/ou extrapsíquicos; ou, então, solucionam, mas são insatisfatórias, embora não criem conflitos intra e/ou extrapsíquicos;
c) pouquíssimo adequadas, quando solucionam, mas sem trazer satisfação, e ainda criam conflitos intra e/ou extra-psíquicos.

A partir do conjunto das soluções adotadas cada um dos quatro setores da adaptação será considerado *adequado, pouco adequado* ou *pouquíssimo adequado*, conforme predominem, respectivamente, as soluções adequadas, pouco adequadas ou pouquíssimo adequadas. Submetendo-se as quatro avaliações setoriais às regras operacionais da Escala Diagnóstica Adaptativa Operacionalizada – EDAO (Simon, 1989; 1997; 1998a) chega-se finalmente à classificação em um dos cinco grupos diagnósticos:

GRUPO	ADAPTAÇÃO	DESCRIÇÃO FENOMENOLÓGICA
1	EFICAZ	Personalidade "normal", raros sintomas neuróticos ou caracterológicos
2	INEFICAZ LEVE	Sintomas neuróticos brandos, ligeiros traços caracterológicos, algumas inibições
3	MODERADA	Alguns sintomas neuróticos, inibição moderada, alguns traços caracterológicos
4	SEVERA	Sintomas neuróticos mais limitadores, inibições restritivas, rigidez de traços caracterológicos
5	GRAVE	Neuroses incapacitantes, *bordelines*, psicóticos não agudos, extrema rigidez caracterológica

Em particular, quando não houver resposta que solucione um problema vital, diz-se que a pessoa encontra-se em *crise adaptativa*. A classificação diagnóstica através da Escala Diagnóstica Adaptativa Operacionalizada, a EDAO, permite abranger, além das pessoas "doentes", as pessoas "não-doentes" ou as ainda não manifestamente "doentes", as quais, tidas como estando saudáveis, seriam normalmente excluídas de receber quaisquer cuidados preventivos, o que levaria ao agravamento das dificuldades já existentes, mas ainda incipientes.

Crise Adaptativa[5]

Na Teoria da Adaptação a crise é caracterizada como sendo um período de intensa angústia em virtude das incertezas provocadas por um acontecimento inesperado e desconhecido, que traz em seu bojo, "aumento ou redução significativa do espaço no universo pessoal". "Universo pessoal" é definido por Simon como sendo o conjunto constituído "... pela pessoa (psicossomático), mais a totalidade de objetos externos (aqui compreendidas outras pessoas, bens materiais ou espirituais e situações socioculturais)". (*op. cit.*, p. 60) Para esta formulação a crise pode ser desencadeada por uma situação de perda ou ameaça de perda, como, por exemplo, interrupção de uma gravidez desejada, demissão de um emprego duramente conquistado, dissolução de casamento; e por uma situação de ganho ou expectativa de ganho, como, por exemplo, promoção no trabalho para o qual a pessoa não se sente preparada, enriquecimento financeiro ou sucesso profissional rápido e fulminante que "atordoa" seu beneficiado.

A solução para uma crise não é encontrada de imediato e nem mesmo é conhecida; ela exige a criação de novas respostas, cuja adequação ou inadequação está na dependência do concurso de re-

---

5. A teoria da crise e as medidas de prevenção específicas para lidar com elas encontram se no capítulo 5 do livro *Psiclogia Clínica Preventiva. Novos Fundamentos* (Simon, 1989); e no capítulo XII do livro *Psicoterapia Breve Operacionalizada. Teoria e Técnica* (Simon, 2005).

cursos externos ao indivíduo – familiares, amigos ou terapia, entre outros –, e de recursos internos a ele – capacidade de tolerar angústia e frustração, nível de agressividade destrutiva e de inveja, experiências anteriores internalizadas como bons ou maus objetos, entre outros. Conforme seu desfecho final, o período de crise irá se constituir em elemento de aumento ou de diminuição de eficácia adaptativa. Enquanto perdurar uma crise, não haverá solução a ser avaliada no setor adaptativo correspondente; e o diagnóstico adaptativo será elaborado com a especificação "em crise", ou seja: "adaptação eficaz em crise" (grupo 6); "adaptação ineficaz leve em crise" (grupo 7); "adaptação ineficaz moderada em crise" (grupo 8); "adaptação ineficaz severa em crise" (grupo 9); "adaptação ineficaz grave em crise" (grupo 10), se, no momento da ocorrência da crise, a adaptação encontrava-se, respectivamente, eficaz, ineficaz leve, ineficaz moderada, ineficaz severa ou ineficaz grave.

Devido ao seu caráter processual, adaptação comporta em seus períodos estável e crítico, as medidas preventivas preconizadas por Leavel e Clark (1965) para as três fases da prevenção: primária, secundária e terciária. Durante o período de adaptação estável, seriam aplicadas:

a) para os indivíduos do grupo 1, medidas de prevenção primária, ou seja, *promoção de saúde* e *proteção específica* para a preservação e fortalecimento da eficácia adaptativa, e, assim, evitar a ineficácia adaptativa, recorrendo, se for o caso, à Psicoterapia Breve Operacionalizada (Simon, 2005), ou, ainda, à psicoterapia psicanalítica para Quadro Mediano (Simon, 1998b);

b) para os indivíduos dos grupos 2 e 3, medidas de prevenção secundária, ou seja, *detecção precoce* e *tratamento imediato e eficiente* das dificuldades adaptativas para evitar a deterioração progressiva da eficácia adaptativa, e ainda, recuperar ou adquirir adaptação eficaz por meio da psicoterapia psicanalítica para Quadro Mediano (Simon, 1998b) ou Psicoterapia Breve Operacionalizada (Simon, 2005);

c) para os indivíduos dos grupos 4 e 5, medidas de prevenção terciária a fim de *limitar sua incapacitação*, ajudando-os a readquirirem, pelo menos, respectivamente, adaptação ineficaz moderada ou severa, através de psicoterapia psicanalítica para Quadro Grave (Simon, 1998b) ou Psicoterapia Breve Operacionalizada (Simon, 2005); e também para ajudá-los a superar as crises, para as quais se encontram mais vulneráveis dada a fragilidade de sua eficácia adaptativa.

No período crítico, por meio da Psicoterapia Breve Operacionalizada, seriam aplicadas as medidas de prevenção específica para lidar com a crise, seja ela gerada por perda ou por ganho, visando evitar a perda da eficácia adaptativa e tornar a situação de crise em oportunidade para crescimento.

Inspirando-se nesse modelo conceitual adaptativo, a Psicoterapia Preventiva da Família considera a família como provedora de suprimentos para os quatro setores adaptativos de seus membros. Esses suprimentos, que constituem o conjunto de microfatores externos, são:

a) no setor A-R – amor, carinho, apoio emocional, tolerância, entre outros, como condições para a satisfação das necessidades afetivas e sexuais dentro e fora do grupo familiar;
b) no setor Pr – educação formal e informal, como condições para a aquisição de conhecimentos preparatórios para uma vida produtiva e de auto-suficiência;
c) no setor Or – garantias e cuidados para a proteção, sobrevivência e bom desenvolvimento físico e mental;
d) no setor S-C – conhecimentos sobre as instituições e noções de valores éticos, morais, sociais e culturais para uma existência integrada à sociedade e à cultura.

As experiências e interações familiares que são significativas, ao serem introjetadas, passam a fazer parte, juntamente com os fatores constitucionais (físicos e psíquicos), da história evolutiva dos membros familiares como microfatores internos. A qualidade adaptativa dessas experiências depende da eficácia adaptativa dos membros familiares, a qual, por sua vez, é determinada pela adequação com que os membros responsáveis, no desempenho de suas funções, realizam as atividades provedoras.

Tal como nas situações individuais, a família atravessa, ao longo de sua existência, por períodos de estabilidade e períodos críticos que se sucedem entre si, sob a ação, respectivamente, dos micro e macrofatores, externos e internos, positivos e negativos. Quando as interações familiares são adequadas, favorecendo o encontro de soluções adaptativas satisfatórias e isentas de conflitos, elas propiciam a coesão e o entendimento entre seus membros, e, em conseqüência, o incremento da eficácia adaptativa da família. Mas, quando as interações familiares são inadequadas, o encontro das soluções adaptativas dar-se-á de forma insatisfatória acompanhadas de conflitos intra e/ou extrafamiliares; ou, então, de forma satisfatória e acompanhadas de conflitos intra e/ou extrafamiliares. Poder-se-á ainda dar o caso em que as soluções familiares sejam frustrantes e conflitivas (soluções pouquíssimo adequadas). Soluções como essas, pouco ou pouquíssimo adequadas, contribuem para a cisão e a fragmentação entre os membros de uma família, e favorecem a ocorrência de separações, graves perturbações físicas ou mentais, ou a morte.

A Família como Paciente

A Psicoterapia Preventiva da Família define família como sendo um grupo de duas ou mais pessoas que, habitando sob um mesmo teto, estão ligadas por vínculos matrimoniais (legalizados ou não), paterno ou materno-filiais, fraternais ou outro parentesco, e compartilham de uma intimidade afetiva comum (eventualmente um membro que já habitou sob mesmo teto e se afastou da família – pai separado ou falecido, por exemplo – continua a fazer parte da família na qualidade de provedor, "bode expiatório" (Berenstein, 1981) ou de objeto idealizado que foi perdido). Esta família, assim definida, é o paciente, mesmo que, como já dito, apenas alguns de seus membros participem do atendimento. O "bode expiatório", um personagem constante nas famílias, doentes ou saudáveis, é a denominação dada ao membro ou membros familiares que são escolhidos pela família para serem o receptáculo ou porta-voz de impulsos e emoções que ela não consegue conter e quer mantê-los longe de si. Em geral, as famílias escolhem para "bode expiatório" seus membros mais frágeis – os filhos pequenos ou adolescentes, e os idosos.

O enfoque adotado para esta psicoterapia preventiva foi o familiar para que se pudesse lidar com uma situação sempre muito presente nos casos clínicos, principalmente quando envolvem crianças e adolescentes: o membro tido como doente é o "bode expiatório" de um problema que se localiza na família ou na relação parental. Para esses casos, prestar atendimento somente para o membro-problema resultaria em desperdício de esforços terapêuticos e perda na eficiência terapêutica, na medida em que se dá tratamento ao sintoma e não às causas do problema. Além do que, essa conduta terapêutica reforçaria ainda mais o estigma que recai sobre esse membro-problema, já discriminado e apontado por todos, familiares e sociedade, como sendo o elemento que perturba e destrói o almejado ideal de harmonia familiar. Em se tratando de criança e adolescente, mesmo que os pais estivessem em terapia com um outro terapeuta, como se costuma fazer na prática tradicional, a fragmentação que ocorre no conjunto terapêutico traria resultados que não justificariam o tempo e o gasto financeiro nele aplicado. Seguramente, melhores resultados poderiam ser obtidos se se realizasse um trabalho que englobasse pais e filho-problema, tomando-os como partes de um todo indivisível. Outra circunstância que justifica o enfoque familiar refere-se a desajustes conjugais. Ainda que o casal se encontre sob atenção terapêutica, apenas os cônjuges seriam diretamente beneficiados; enquanto que, na abordagem familiar, as inevitáveis conseqüências do conflito matrimonial sobre os outros membros da família seriam mais diretamente alcançados.

Acreditando assim que o enfoque familiar propiciaria, com rapidez e eficiência, e através da união e da integração das partes cindidas do grupo familiar, a melhora e fortalecimento de sua eficácia adaptativa, iniciamos os primeiros contatos com as famílias de Taboão da Serra.

Não imaginávamos, porém, quão difícil seria estabelecer o esperado contato com toda a família ou, pelo menos, com os pais e os filhos em conjunto. Nesse início dos atendimentos, os psicólogos eram quase, em sua totalidade, do sexo feminino. Sendo assim, os horários combinados com as famílias eram sempre diurnos, fossem durante a semana ou no final da semana, em geral aos sábados. Não se cogitava atendimentos noturnos porque a região, localizada numa área periférica e afastada do centro da cidade, oferecia sérios riscos à segurança. No entanto, com exceção dos finais de semana, o marido e os filhos mais velhos não se encontravam em casa durante o dia. Trabalhadores diaristas ou mensalistas, eles não podiam – e sequer viam – a necessidade de faltar ao serviço para ter uma conversa com o psicólogo. Afinal, diziam eles, o problema estava no membro que apresentava as dificuldades, aquele sobre o qual recaíam as queixas escolares ou de comportamento. Como estavam habituados a fazer, essas questões, para eles de natureza doméstica, eram deixadas para as mães resolverem. Deste modo, as únicas pessoas que estavam acessíveis para as sessões com os psicólogos eram as mães e os filhos menores; estes, quase sempre, os motivos dos pedidos de atendimento.

Esta faceta da realidade que estávamos conhecendo trouxe-nos a necessidade de elaborar uma abordagem que fosse pertinente. Ponderamos que, para nós, a adaptação ineficaz do membro-problema seria a manifestação da ineficácia adaptativa que estaria ocorrendo na família. Ele vinha, como um emissário familiar, trazer um pedido de ajuda para si e/ou para a família. Mas a parte restante da família não pensava assim. No seu entender, o problema era mesmo o membro ineficaz; era ele o causador de uma situação familiar caótica e que se tornara insustentável. Esta parte da família se considerava saudável e vítima das atitudes descontroladas e desconexas que o membro-problema, tornado a essas alturas "bode expiatório", apresentava, razão pela qual ele deveria ser tratado e modificado. Nela mesma, não via motivos para realizar quaisquer mudanças adaptativas. Consideramos ainda que esta explicação poderia não ser a única. É possível que houvesse famílias em que os membros restantes, sentindo-se responsáveis pelo distúrbio adaptativo familiar, estivessem interessados e dispostos a compartilhar do processo terapêutico que envolvesse o membro-problema; ou, ainda, famílias cujos membros, capazes de suportar suas responsabilidades e angústias, não precisassem eleger um "bode expiatório". Pode-se usar aqui uma transposição da "teoria das posições" de M. Klein (1935, 1946): nas famílias em que predominam traços esquizoparanóides, onde a cisão, a negação e a projeção constituem as defesas mais freqüentes, seria mais provável a emergência do "bode expiatório"; e nas famílias mais integradas, em que sobressaem características da posição depressiva, prevalecendo a tendência ao reconhecimento da própria culpa e à reparação, o surgimento do "bode expiatório" seria menos provável. Nesse contexto, se atendêssemos apenas ao que a família nos pedia, estaríamos compactuando com ela; e, como seus aliados, concordando que o "bode expiatório" era o único responsável pela desarmonia familiar. E, ainda, correndo o risco da família interromper a terapia aos primeiros sinais de melhora do "bode expiatório". Para a família, o progresso terapêutico do membro-problema nem sempre é desejável, pois significa a perda do "depositário" das dificuldades adaptativas localizadas em seu interior. Porém, tentar incluir a família na terapia desde seu início, como co-responsável pelo problema familiar, pareceu-nos um procedimento que traria um enrijecimento ainda maior de suas defesas, ou precipitaria o seu abandono imediato e precoce. Não era interessante para nós a ocorrência de nenhuma dessas duas hipotéticas situações. Queríamos estabelecer e manter um prolongado contato com as famílias para prestar-lhes a assistência preventiva que havíamos planejado. Nossa concepção de assistência preventiva incluía não apenas dar ajuda para um problema atual e que afetava, em particular e diretamente, um membro familiar, mas torná-la extensiva aos demais membros, em situações familiares presentes e futuras. Solucionado um problema adaptativo familiar o terapeuta não se desligaria da família; ele se voltaria para outros problemas, caso houvesse; ou, então, formaria um vínculo com ela através dos "retornos trimestrais" para atender aos objetivos da prevenção primária (promoção de saúde e proteção específica) e secundária (diagnóstico precoce e tratamento imediato e eficiente). Também pretendíamos com este recurso resgatar para o psicólogo preventivo o modelo do "médico da família" de antigamente, o qual era chamado para ajudar a resolver qualquer situação problemática que surgisse na família. Esse psicólogo, amparado no conhecimento que já possuía sobre a família e seus membros, estaria apto, mais do que qualquer outro profissional, a realizar, com agilidade e acerto, os diagnósticos e as intervenções.

Decidimos então fazer o que chamamos de *aproximação preventiva à família*. Consistia em, inicialmente, aceitar e atender a queixa feita pela família, sem impor a obrigatoriedade de participação para todos os seus membros, e em todas as sessões. Isso porque, como afirma Bauleo (1982), mesmo sendo o membro-problema o "depositário" da problemática familiar, ele não deixa de estar sofrendo e precisando de algum tipo de ajuda. Em nosso entender, esse membro, sem uma ajuda adequada, certamente iria, progressivamente, encaminhar-se para níveis de adaptação cada vez mais ineficazes – adaptação ineficaz severa ou grave; ou, ainda, para situações de crise. Além do que, prestar auxílio ao que a família nos pedia poderia vir a constituir-se na via de acesso a sua totalidade. Começando o trabalho pela superfície (lidando com a queixa apresentada), e aliviando a família da angústia que a envolvia, esperávamos, com o tempo, conquistar sua confiança e colaboração, para, em seguida, paulatinamente, penetrar nos estratos mais profundos da sua dinâmica. Desse modo, no período inicial do atendimento era dito às famílias que, na medida em que sentíssemos a necessidade da presença dos outros membros familiares, faríamos a solicitação e os acertos que fossem precisos como: mudança de horário ou de local. Mas que esses membros poderiam, no momento em que desejassem, ingressar no processo terapêutico em andamento, fosse para começar a participar dele, fosse para trazer um problema novo e urgente, individual ou familiar. Adotando esta regra, estávamos afirmando que todos os membros da família, mesmo os ausentes às sessões, eram virtuais pacientes da Psicoterapia Preventiva da Família. Muitas vezes, essa nossa precaução se fez desnecessária; alguns familiares mostraram interesse em participar desde o primeiro instante da psicoterapia, enquanto que, outros, ausentavam-se de casa no horário das sessões; ou se atrasavam para elas; ou, ainda, simplesmente não compareciam nem mesmo quando solicitados.

Atendimento em Domicílio

A literatura sobre trabalhos com famílias menciona alguns autores que utilizam a visita domiciliar como um importante instrumento complementar em seus procedimentos, pois ela permite a coleta de dados advindos de observação direta (Wynne, 1971b; Mitchell, 1970; Bott, 1976, Laing e Esterton, 1964). Para outros (Jackson e Weakland, 1971; Haley, 1973), a ida ao domicílio representa um recurso auxiliar ao processo terapêutico de seus pacientes individuais, principalmente nos períodos em que as resistências se intensificam e ameaçam sua continuidade (Ackerman, 1958). Para nós, a partir da constatação feita na favela de que as famílias, estando em sua própria casa e, por isso, sentindo-se mais seguras, ficam mais propensas a falar sobre si, a Psicoterapia Preventiva da Família foi idealizada para ser integralmente realizada em domicílio, desde a primeira entrevista. Ela só seria transferida para o consultório se houvesse problemas de distância ou de localização geográfica, de horário; ou, então, se a residência não oferecesse as condições necessárias de privacidade.

Ao sair de seu consultório para atender a família na casa, o psicólogo, que no consultório era "o dono da casa", no domicílio passa a ser "a visita"; e a família, que antes era "a visita", passa a ser "o dono da casa". Nesta nova condição, o psicólogo, contratransferencialmente, se vê envolvido em uma certa confusão quanto a sua identidade profissional. Não é mais ele, por exemplo, quem decide em que local da casa será realizada o atendimento. A decisão cabe agora à família; é ela quem irá determinar se o atendimento será realizado na sala, na cozinha, no dormitório, no quintal ou em qualquer outro recanto da casa. E tampouco caberá ao psicólogo preservar o *setting* terapêutico, como ele fazia no seu consultório. A ocorrência ou não de interferências estranhas à sessão, e como lidar com elas, não está mais sob seu controle: o telefone que toca, a vizinha que bate à porta para pedir algo emprestado, a visita que chega inesperadamente, o filho que irrompe na sala pedindo alguma coisa para comer porque está com fome, ou curioso, ou enciumado; a empregada que transita pelo local do atendimento carregando a pilha de roupa que acaba de passar, etc. Tomando o psicólogo como uma visita social, a família, em geral, faz claras e calorosas demonstrações de cortesia, oferecendo-lhe café acompanhado por pedaços de bolo, convidando-o para o almoço ou o jantar que se seguem ao término da sessão, ou então para as festas de aniversário dos filhos. Outras vezes, o café é "esquecido" de ser servido; as crianças fazem mais barulho do que o habitual; as visitas ou os telefonemas não são dispensados com a rapidez de sempre; e, em casos extremos, a família não se encontra em casa quando o psicólogo chega para o horário combinado. Estes e outros aspectos fazem parte, em verdade, do cotidiano de qualquer vida em família. Vistos, porém, sob a perspectiva psicodinâmica, eles adquirem significados importantes tais como: transferência, resistência, amor, ódio, gratidão, culpa, revelando os dinamismos que permeiam a estrutura e o funcionamento do inconsciente familiar. Essa riqueza de dados psicodinâmicos que a família nos põe à mostra ficaria fora do alcance do olhar e da compreensão do psicólogo, ou demoraria muito para ser percebida, se ele permanecesse somente entre as quatro paredes de seu consultório. Indo a casa, ele tem ainda oportunidade de observar a organização doméstica – arrumação e cuidados existentes nos aposentos, arranjo dos móveis, horários das atividades diárias, divisão de tarefas –, que acabam fornecendo um retrato fiel a respeito das funções e dos papéis que cada membro desempenha, consciente e inconscientemente, dentro da família. A esse respeito, Berenstein (1988) diz que a casa tem sinais indicativos da estrutura e funcionamento da família que a habita; e que o espaço habitacional, a presença ou a ausência de móveis ou de peças fundamentais, são expressões da dinâmica familiar inconsciente. E para Friedman (1981), quando o atendimento é feito na casa, até os animais domésticos são "incluídos" no processo terapêutico familiar. Esses animais, diz ele, humanizados pela família, tornam-se figuras transferenciais e passam a desempenhar papéis como qualquer outro membro familiar.

Na casa, o contato direto com a família, *in loco* e ao vivo, dá ao psicólogo grandes possibilidades de adquirir, em menor espaço de tempo, maior e mais profundo conhecimento sobre os fatores inconscientes que atuam na trama familiar, permitindo-lhe acelerar o processo terapêutico e abreviar sua duração, sem, no entanto, perder sua eficiência. E, ainda, ampliar o alcance de suas intervenções, pela facilidade que encontra na aplicação dos princípios de prevenção primária, secundária e terciária. Como medida de prevenção primária ele pode, exercendo função educativa, divulgar noções gerais sobre saúde mental (*promoção de saúde*) e dar esclarecimentos específicos visando alterar certas condições familiares que se mostram desfavoráveis e potencialmente geradoras de problemas (*proteção específica*). É bastante comum, por exemplo, principalmente em famílias pobres e humildes, ver crianças dormindo no quarto e na cama dos pais, seja por falta de espaço, seja por ignorância. Nesses casos, bastaria uma simples orientação aos pais para eliminar uma situação constrangedora e prejudicial tanto para o relacionamento íntimo do casal, como para o desenvolvimento afetivo-sexual dos filhos. Além disso, sua presença constante e estável na casa irá propiciar a inclusão gradual dos membros mais resistentes ao processo terapêutico, o que certamente não aconteceria se o atendimento fosse no consultório. Esses membros resistentes, enviando o "bode expiatório" para ser tratado em consultório, iriam permanecer "ocultos" em casa, protegidos por uma condição de pseudo-saúde, e contrariando as duas importantes medidas da prevenção secundária

– o *diagnóstico precoce* e o *tratamento da ineficácia adaptativa*. Outra vantagem que a ida à casa traz é a possibilidade de efetivar a *reabilitação* (prevenção terciária). Ou seja, chegar às pessoas que provavelmente nunca iriam a um psicólogo, fosse por medo, preconceito, incapacitação física ou fobias provocadas pelo próprio quadro clínico, as quais, não sendo devidamente tratadas, encaminhá-las-iam para níveis de adaptação ineficaz irreversíveis. Um exemplo: deparamos, há algum tempo, com o caso de um rapaz de 21 anos que não saía de casa havia cinco anos. Ele temia andar pelas ruas em plena luz do dia por acreditar na fantasia de ter matado o pai e um amigo de infância; e, que, por isso, seria acusado e agredido pelas pessoas que fosse encontrando pelo caminho. Para se proteger dessas acusações e possíveis agressões, e como uma forma de se "punir pelos crimes cometidos", ele se encarcerou em casa, deixando de ir trabalhar, passear e de ter amigos e namorada. Até o seu físico deixou de receber os cuidados básicos: seus dentes estavam todos enegrecidos e apodrecidos pela cárie; e seus ombros estavam extremamente encurvados, como se eles carregassem um enorme peso imaginário. Se não fosse pela visita domiciliar, esse rapaz continuaria cronicamente "encarcerado", até que, pela invalidez, seria institucionalizado pela família como "irrecuperável". Seu atendimento de quinze sessões, a princípio em domicílio, e depois em consultório – por falta de espaço na residência (parentes vieram se hospedar na casa) – possibilitou-lhe superar o "encarceramento", sair para providenciar tratamento dentário em uma clínica no centro da cidade e começar a trabalhar.

Além das vantagens terapêuticas que a ida ao domicílio familiar traz, ele ainda evita que o terapeuta tenha gastos dispendiosos com a instalação e manutenção de um consultório, principalmente em seu começo de carreira profissional. Mas, naturalmente, esses ganhos também acarretam alguns custos: as cargas emocional e intelectual que lhe são exigidas são muito grandes. A emocional porque a situação de desconhecimento e desamparo na casa é sempre muito mais intensa e abrangente do que no consultório; e a intelectual, por existirem no domicílio inúmeras e múltiplas variáveis interdependentes a serem compreendidas e manejadas. E, ainda, o tempo útil que o psicólogo despende para se deslocar até a casa da família é outro fator que eleva o custo de seu trabalho.

Brevidade da Duração Terapêutica

Em se tratando de um trabalho preventivo, houve a intenção de que a Psicoterapia Preventiva da Família tivesse duração breve. A importância e a validade do exercício das terapias de longa duração são inquestionáveis, quer como método para tratamento, quer como método para exploração e compreensão dos complexos processos mentais inconscientes. Sua prática, no entanto, é inexeqüível quando se trata de abarcar grandes populações como pretende a prevenção. Além do alto custo financeiro, o tempo que o terapeuta dedica a cada paciente impede-o de atender a mais pessoas que precisam de seu auxílio profissional. E, dentre essas pessoas desatendidas, muitas podem estar passando por uma crise adaptativa; e, portanto, com urgência de atendimento específico (em momentos de crise, mesmo uma pequena ajuda é capaz de produzir efeitos de grande envergadura e profunda repercussão, desde que dada em tempo hábil). Como afirma Caplan (1964), o cliente do preventivista é sempre a comunidade e não a pessoa individual. Para esse autor, o atendimento individual só se justifica quando o indivíduo é um líder ou uma personalidade com marcantes influências sobre a comunidade. Afora esses períodos de crise sabemos que as pessoas, mesmo quando estão sofrendo, devido a problemas nitidamente psicológicos, tendem a não reconhecê-los como tais, e, por isso, se recusam a procurar um profissional em saúde mental. Um dos motivos para essa conduta seria a fantasia de que as psicoterapias geram dependência e por essa razão se prolongam tanto. Como alternativa, as pessoas buscam soluções rápidas e mágicas em conselhos de comadres ou de amigos, em centros espíritas etc. E somente depois de sucessivas e infrutíferas tentativas como essas é que elas chegam ao psicólogo, trazendo as dificuldades já bastante agravadas, e até cristalizadas, que, ao exigirem tratamento prolongado, só vêm a confirmar as fantasias anteriormente existentes acerca da duração da terapia. Para alterar essa situação é preciso informar a população sobre a natureza e os objetivos dos procedimentos terapêuticos breves. A longa duração da psicoterapia psicanalítica – e de outras modalidades que se fundamentam em princípios psicanalíticos – se deve aos objetivos a que elas se propõem alcançar: mudanças estruturais estáveis na personalidade dos pacientes a partir de uma completa e definitiva resolução dos conflitos e remoção dos sintomas. Para consecução desses objetivos, eles, juntamente com seu paciente, se empenham na tarefa de recuperar as lembranças e os sentimentos dolorosos que deram origem a esses conflitos e sintomas. A recuperação é, no entanto, lenta e demorada, pois as lembranças e os sentimentos encontram-se localizados nas camadas mais profundas da personalidade, não estando facilmente acessíveis à consciência (resistência). Eles foram lá fixados há muito tempo, em épocas remotas, quando as experiências infantis, sob influência de fantasias onipotentes, eram vivenciadas com significados fantásticos e aterrorizantes, incapazes de serem contidos por um Ego ainda frágil e imaturo. Além do mais, em virtude da multiplicidade de raízes existentes para cada conflito (sobredeterminação), o processo de recuperação deve ser efetuado renovadas vezes (elaboração), em diferentes contextos e situações, envolvendo interações do paciente com pessoas do presente e do passado (cotransferência) e com a figura do terapeuta (transferência). Para tanto, o terapeuta adota uma postura passiva e de paciente espera, para acompanhar o cliente ao longo de sua livre associação de idéias, enquanto aguarda pela gradativa emergência de material inconsciente e profundamente reprimido (Candiota, 1982). É onde se encontra um importante fator de alongamento das psicoterapias de base analítica. A partir dela, cria-se na sessão terapêutica um clima de fantasias e de irrealidade, onde inexiste a preocupação com o tempo real (sensação de atemporalidade), e no qual terapeuta e paciente ficam imersos por longos períodos. A tudo isso se soma o perfeccionismo do terapeuta, que, almejando para o paciente a maturidade plena, bem como o desenvolvimento e expansão de suas potencialidades latentes, quer ir ao encontro de suas experiências mais arcaicas e mais primitivas. Essas formas de psicoterapia exigem, ainda, que o paciente possua capacidade para introspecção e forte motivação para conhecer os aspectos inconscientes de seu mundo interno. Essas condições, porém, nem sempre se encontram presentes em grande parte das pessoas que necessitam e, mesmo, procuram ajuda psicoterápica, não importando suas condições econômicas, sociais ou culturais. O que elas esperam, na maior parte das vezes, é obter auxílio imediato para a solução de dificuldades atuais.

Com base nesses dados, e para atender nossa intenção, a Psicoterapia Preventiva da Família foi prevista para ser desenvolvida em quinze encontros: três entrevistas na etapa diagnóstica para definição da *situação-problema familiar*, e doze sessões na etapa terapêutica, para esclarecer e tornar consciente para a família, conforme sua acessibilidade terapêutica, a dinâmica familiar contida na situação-problema. As entrevistas e as sessões terapêuticas teriam duração de sessenta minutos.

O termo "situação-problema", proposto por Ryad Simon (1996), substitui o termo "foco", usualmente utilizado por aqueles que trabalham em psicoterapia breve, por considerarmos este pouco adequado para nossos objetivos preventivos. Isso porque, a expressão "foco", cunhada por Balint (1972), tem o significado específico de se referir à origem psicogenética inconsciente dos sintomas atuais. Para seu manejo adequado, é preciso que o terapeuta tenha tido apurada formação psicanalítica, a fim de que suas interpretações tenham o alcance e a profundidade exigidos pelo foco. Porém, como já vimos, nem todos os psicólogos são portadores desses requisitos básicos. E também porque, diferentemente de Malan (1981) que selecionou criteriosamente os pacientes que fizeram parte de seu estudo, a Psicoterapia Preventiva da Família destina-se a atender a todas as famílias que necessitam de ajuda psicológica, sem submetê-las a uma triagem prévia. Visando esse objetivo, conceituamos situação-problema como sendo uma perturbação na eficácia adaptativa da família, resultante de soluções inadequadas, expressas por um ou mais membros, provocadas por um acontecimento ou circunstâncias do presente imediato; ou influenciadas por soluções inadequadas do passado. Embora não ignorando as raízes inconscientes da situação-problema a Psicoterapia Preventiva da Família não pretendia apenas objetivos reconstrutivos; contentava-se com objetivos suportivos quando isso era tudo que terapeuta e paciente podiam alcançar naquele momento. Quando as resistências se tornassem muito intensas e intransponíveis, impedindo o curso planejado da psicoterapia, a recomendação seria de não insistir em transpô-las de imediato; quem sabe no próximo retorno trimestral (seu significado será visto mais adiante), quando a família estivesse mais apta para lidar com material que, agora, era tão perturbador. Acreditávamos que a retomada de um mesmo problema, em fase posterior, poderia conduzir a soluções mais adequadas e mais favoráveis, e a um aprofundamento no processo terapêutico. Nos retornos trimestrais, ou, antes desse período (caso em que seria a família quem buscaria o psicólogo), a terapia pode ser reiniciada a qualquer momento, fosse para lidar com o problema que fora deixado intocado em virtude de fortes resistências, fosse para tratar de um novo problema. Com esses retornos trimestrais a Psicoterapia Preventiva da Família poderia ser definida como um modelo misto de terapia breve com terapia a longo prazo, pois as terapias seriam breves, mas a assistência à família seria interminável.

Maleabilidade na Abordagem Terapêutica

Dada a amplitude e profundidade de compreensão que a Psicanálise permite, a compreensão que a Psicoterapia Preventiva da Família dá às interações familiares é sempre psicodinâmica. Considerando o vértice adaptativo, é necessário estar sempre atento ao funcionamento do ego no sentido de examinar a adequação das soluções empregadas nas circunstâncias atuais. Porém, lembrando que sua finalidade é a eficácia da adaptação familiar, sua abordagem terapêutica deve ser flexível, levando em conta a responsividade terapêutica das famílias que pretende alcançar (motivação e capacidade para *insight*), e o grau de desenvolvimento pessoal e profissional dos terapeutas familiares. Como já dito anteriormente, existem famílias que não possuem interesse em abordar os aspectos inconscientes envolvidos no conflito familiar. Na maioria das vezes, essa falta de interesse oculta resistências fortemente estruturadas, que devem, no entanto, ser respeitadas, principalmente se considerarmos que nem todos se sentem capazes ou preparados para conhecer o que se passa em seu mundo interno. Quanto aos psicólogos, existem muitos que, embora dotados de sensibilidade e conhecimento para realizarem atendimentos eficientes e promissores, não possuem suficiente formação psicanalítica que os torne capacitados para lidar com material profundo.

Em vista disso, a Psicoterapia Preventiva da Família recorre, como já vimos, às técnicas ditas suportiva, reeducativa e reconstrutiva (Wolberg, 1967; Simon, 1972). As técnicas suportivas, notadamente o reasseguramento, orientação e externalização de interesses, são utilizadas quando as famílias, emocionalmente frágeis, mostram-se incapacitadas para suportar a angústia que sobreviria se fossem submetidas a um confronto mais profundo com seus conflitos inconscientes. Ou, então, para restabelecer o equilíbrio de famílias bem estruturadas e com adaptação eficaz que se vêm temporariamente abaladas por algum acontecimento repentino ou por uma crise. Com o uso dessas técnicas a Psicoterapia Preventiva da Família visa o fortalecimento e o uso adequado, pelas famílias, de defesas já adequadamente estabelecidas, bem como para remoção de fatores externos que provocam prejuízos à eficácia adaptativa familiar (manipulação do ambiente externo). Quanto às técnicas reeducativas, estas são adotadas quando a Psicoterapia Preventiva da Família pretende obter alterações positivas na dinâmica familiar e um maior desenvolvimento de suas potencialidades, sem, no entanto, lidar com processos inconscientes profundos. Por meio de intervenções diretivas e exploração intelectual da situação-problema, propicia as famílias a se conduzirem de forma mais realista, planejando ações racionais e viáveis, e a reforçarem, desde que adequadas, as defesas já existentes, e a modificarem as que se apresentem inadequadas. As técnicas reeducativas podem ainda promover profundas mudanças adaptativas como resultado da "experiência emocional corretiva" (Alexander e French, 1946) que a família vive na relação com o terapeuta. O uso das técnicas reeducativas é útil também para o terapeuta que se sente ainda pouco preparado para lidar com material mais perturbador. Já as técnicas reconstrutivas são aplicadas quando as famílias possuem capacidade para *insight* e elevado grau de motivação para conhecer os aspectos inconscientes de seu funcionamento; e quando o terapeuta se sente habilitado a fazer uso adequado de interpretações. Visando principalmente a resolução de conflitos inconscientes e obter modificações duradouras na adaptação familiar a Psicoterapia Preventiva da Família recorre à interpretação dos dinamismos familiares inconscientes: das resistências, das cotransferências, e das transferências – em particular, da transferência negativa – para que o impasse terapêutico não se instale e inviabilize o atendimento.

Capítulo 4
Estudo do Método da Psicoterapia Preventiva da Família

A Psicoterapia Preventiva da Família, como foi visto, sofreu alterações em sua forma original para adequar-se à realidade para a qual foi criada. Contudo, ela continuou a suscitar indagações em torno dos princípios gerais de sua aplicação; ou, mais precisamente, quanto à sistematização de sua técnica, seu alcance e indicações terapêuticas. Para responder a essas questões realizamos um estudo para a investigação e verificação criteriosa de hipóteses formuladas (e que constam dos capítulos seguintes), cujos resultados indicaram a adequação ou modificação do método terapêutico para uso no campo da prevenção. As hipóteses formuladas para responder às indagações suscitadas foram reunidas em três agrupamentos:
1. Temas em Discussão.
2. Considerações Técnicas.
3. Caminhos na Investigação das Variações da Técnica.

As Famílias deste Estudo

O estudo se baseou em material colhido em uma amostra de vinte famílias atendidas por mim para o desenvolvimento do método da Psicoterapia Preventiva da Família. (O perfil dessas vinte famílias, às quais atribuímos pseudônimos para facilitar a identificação e, ao mesmo tempo, preservar sua identidade, encontram-se no Quadro1.) Este fato pode ter se constituído em um forte viés a ser considerado (visto que as conclusões podem estar muito mais impregnadas por características de minha personalidade), do que se houvesse, na amostra, atendimentos realizados por outros terapeutas. Quem sabe, a heterogeneidade de terapeutas poderia ter trazido aos achados deste estudo maior e mais firme confiabilidade e maior poder de generalização, pois estariam mais isentos das tendências individuais de um só terapeuta. Mas isto é uma conjectura que só poderá ser conferida com mais estudos e realizados por distintos terapeutas.

Supervisionando, durante anos, o trabalho de atender famílias com o uso da Psicoterapia Preventiva da Família (conduzido inicialmente por alunos-estagiários da FMU, e, mais tarde, por psicólogos que freqüentavam o curso de Especialização da Sociedade de Psicologia Clínica Preventiva), e vivenciando, contratransferencialmente, as emoções que experimentavam, decidi, posteriormente, participar da experiência, e também atender famílias em seu domicílio. Tentei, desta forma, compreender a complexidade que envolvia a tarefa de atender famílias em suas residências. E foi assim que as vinte famílias foram por mim contatadas aleatoriamente e constituindo a amostra do estudo, sem serem submetidas a uma seleção, independentemente dos resultados apresentados. Eram pertencentes a três categorias de classe socioeconômica média. Todas tinham mãe presente em casa. Quanto ao pai, este era vivo em todas as famílias, mas ausente de casa em algumas, por motivo de separação do casal; ou porque já era casado e permanecia com sua família anterior, como se deu na família Antunes.

Dentre as vinte famílias estudadas, apenas uma, a família Luz, residia em Taboão da Serra. Ela era, também, a única cujo pedido de atendimento fora feito em resposta à carta de apresentação que havíamos distribuído na região. As demais famílias residiam no município de São Paulo, a maioria em bairros próximos ou não muito distantes do centro da cidade. Entre estas, uma família, a Caldas, fez o

QUADRO 1 – PERFIL DAS FAMÍLIAS DESTE ESTUDO (n=20)

FAMÍLIA	n	MÃE	IDADE	ESCOLARIDADE	PROFISSÃO/OCUPAÇÃO	PAI	IDADE	ESCOLARIDADE	PROFISSÃO/OCUPAÇÃO	FILHOS: SEXO/IDADE		
Amaro	03	P	–	–	Vende roupas em casa	A	–	–	–	M 8 anos	–	–
Antunes	02	P	48	1° completo	Prendas domésticas	A	–	–	–	M 11 anos	–	–
Caldas	04	P	36	3° completo	Administrador Empresa	P	36	3° completo	Administrador Empresas	F 8 anos	F 6 anos	–
Divino	03	P	38	3° incompleto	Enfermeira	A	51	–	Comerciante	M 20 anos	M 18 anos	–
Dourado*	05	P	36	1° completo	Prendas domésticas	A	45	2° completo	Comerciante	M 11 anos	M 10 anos	M 9 anos
França	03	P	31	2° completo	Prendas domésticas	P	31	2° completo	Técnico computação	M 6 anos	–	–
Garibaldi	02	P	44	3° completo	Enfermeira	A	–	–	–	M 6 anos	–	–
Germano	03	P	37	3° completo	Prendas domésticas	P	26	2° completo	Técnico gráfico	F 8 meses	–	–
Hispana	03	P	34	2° completo	Secretária	P	37	3° completo	Engenheiro	M 10 anos	–	–
Luz	05	P	29	1° completo	Prendas domésticas	P	32	1° completo	Metalúrgico	F 9 anos	F 7 anos	M 5 anos
Macedo	04	P	51	1° completo	Prendas domésticas	P	55	1° completo	Comerciante	F 30 anos	M 27 anos	–
Moreno	04	P	40	3° completo	Funcionária Pública	P	45	3° completo	Funcionário Público	M 20 anos	F 18 anos	M 3 anos
Neves**	02	P	62	1° completo	Prendas domésticas	P	63	1° completo	Taxista aposentado	–	–	–
Pinheiro	03	P	28	3° completo	Prendas domésticas	P	32	2° completo	Vendedor	M 11 meses	–	–
Reis	05	P	–	3° completo	Professora	P	–	2° completo	Analista produção	M s/dados	M s/dados	F 3 anos
Santana	05	P	39	3° completo	Professora	P	49	2° completo	Escrevente	F 15 anos	F 13 anos	M 9 anos
Santos	03	P	26	2° completo	Prendas domésticas	P	36	3° completo	Corretor de valores	M 3 anos	–	–
Serra	05	P	29	2° completo	Prendas domésticas	P	33	2° completo	Comerciante	M 9 anos	F 7 anos	F 3 anos
Tupi	04	P	45	3° completo	Enfermeira	P	47	2° completo	Vendedor autônomo	F 15 anos	F 14 anos	–
Viana	03	P	50	2° completo	Secretária	A	48	3° completo	Engenheiro	F 14 anos	F 11 anos	–

n = número de membros que compõem a família e residem na casa
P = presente na casa
A = ausente da casa
* Progenitora da mãe de 59 anos, proprietária da casa na qual moram a mãe e os filhos
** Os três filhos adultos são casados
M = masculino F = feminino

pedido após ler uma reportagem sobre a Sociedade de Psicologia Clínica Preventiva em uma revista especializada em assuntos de Psicologia e Saúde Mental; outra, a família Santana, ao ouvir uma palestra feita pela equipe da Sociedade em um evento promovido por uma entidade comunitária. As dezessete famílias restantes vieram procurar ajuda psicoterápica recomendadas por amigos ou parentes que haviam sido ou estavam sendo atendidos por nossa equipe; ou ainda, por médicos e psicólogos que estavam a par de nossas atividades. Nestas dezessete famílias, estão incluídas as famílias Amaro e Reis, com quem mantive apenas a entrevista inicial. A inclusão se deu porque elas reproduzem fielmente parte da real situação que vive o psicólogo preventivista quando vai para a comunidade: os dissabores e as vicissitudes perante a incompreensão e a ambivalência com as quais se depara.

Ilustrações Clínicas de Resistêncas Insuperadas

Para ilustrar o que foi dito, serão apresentadas, a seguir, as duas famílias:

Família Amaro

A mãe da família Divino, dando o número do telefone, pede que eu entre em contato com a mãe da família Amaro, pois esta está tendo dificuldades para lidar com seu filho único de oito anos.

Na ocasião em que telefonei para marcar a primeira entrevista a mãe da família Amaro me identificou e disse estar, realmente, passando por problemas com seu filho. Ele estava agressivo e briguento, e, ainda, distraído durante as aulas. Separada do pai, a mãe estava morando com o filho em casa de sua progenitora que era viúva. Não quis definir de imediato um horário para a entrevista, alegando que, por ser vendedora autônoma, não tinha horário fixo de permanência em casa. Além disso, o filho, que era o principal interessado, estava viajando pelo interior em companhia da avó materna. Ao saber que a entrevista inicial poderia ser realizada somente com ela, sendo, portanto, prescindível a presença do filho, consentiu em marcar um horário para a semana seguinte.

Senti a resistência da mãe nesse primeiro contato telefônico. Certamente teria sido conveniente deixar que ela decidisse me procurar. Mas, por outro lado, ela pouco ou nada sabia sobre nosso trabalho. Quem sabe, conhecendo-o, pensei, poderia vir a se interessar. Para lidar com a resistência, o melhor seria um encontro pessoal, pois ele me permitiria fazer os esclarecimentos necessários. E foi o que lhe propus.

Antes de ir para a primeira entrevista, porém, já envolvida contratransferencialmente, fiquei tentada a ligar para confirmar a realização da mesma. Lembrando que não havíamos combinado nada a respeito de confirmação – prática que inclusive não é habitual em nosso trabalho para as entrevistas iniciais –, e que esse gesto poderia criar a oportunidade para a mãe desistir de vez do atendimento, reneguei minha intuição e me dirigi à casa no horário marcado. A mãe veio atender a porta. Levou certo tempo para se lembrar de mim e do compromisso que havia assumido comigo. Introduziu-me na sala da casa onde estava atendendo uma freguesa – a mãe vendia roupas em casa – e pediu que eu a aguardasse. Na sala encontravam-se expostas várias peças de roupa e acessórios femininos. Foram cerca de dez minutos de espera, durante os quais um dos dois cachorros da família veio me fazer companhia deitando-se bem junto de mim no sofá. Enquanto isso, a mãe dizia que se encontrava bastante atarefada desde o dia anterior quando recebeu grande quantidade de malhas de inverno para vender em promoção. Acreditei que ela, ao me ver, deva ter pensado que eu também era uma compradora. Inclusive, o tom de conversa que usava comigo era como se eu fosse mesmo uma freguesa ou uma visita social. Ao tentar conhecer mais sobre a queixa que fizera do filho, como fora sua vida de casada, como e porque aconteceu a separação, a mãe tornou-se evasiva e vaga, e os dados que fornecia, imprecisos e muito pouco esclarecedores. Ela dizia estar preocupada com o fato do filho ser único, mas não explicava a razão da preocupação. Queria que eu conversasse com ele assim que retornasse da viagem que estava fazendo. Isso, dizia, se eu conseguisse fazê-lo aproximar-se de mim, pois se tratava de uma criança arredia com os estranhos.

Eu estava para iniciar minhas férias. Acertamos então a segunda entrevista para três semanas depois; e para conversarmos, ainda, só nós duas. A terceira entrevista seria com o filho. Nesse ínterim, a mãe comunicaria e prepararia o filho para a entrevista comigo. Transcorridas as três semanas, no dia combinado, liguei para confirmar minha ida à casa. A mãe disse que iria se submeter a uma pequena cirurgia e, por isso, precisaria ficar algumas semanas de repouso. E que depois desse período, iria me ligar. Preferi, no entato, tomar a iniciativa de marcar a data da segunda entrevista, mesmo que com grande antecedência e para posterior confimação, porque pressentia que ela não iria ligar se fosse deixado por sua conta. Pressentimento esse que, de fato, se concretizou. Liguei um dia antes da data combinada. A mãe disse que não queria continuar o atendimento por enquanto, e que iria se comunicar comigo caso viesse, no futuro, a sentir necessidade.

Ponderando sobre este material clínico, penso que a mãe foi surpreendida pela minha procura. Certamente ela fora "empurrada" para mim pela mãe da família Divino que, querendo encerrar o atendimento comigo, desejou colocar uma outra família em lugar da sua. A insistência para que o atendimento fosse realizado foi de minha parte, em razão do meu interesse em ampliar minha experiência de atender famílias em domicílio. Este caso ensinou-me que, se a motivação para iniciar um atendimento psicoterápico não é suficiente, não há meios de se vencer a resistência inicial. Existe o ditado de que "pode-se levar o cavalo à fonte, mas não se pode obrigá-lo a beber a água". Mesmo que se leve a água até o cavalo (levar a psicoterapia até o domicílio), não se pode obrigá-lo a beber. É preciso um mínimo de apoio para vencer um obstáculo; e a mãe não oferecia apoio nenhum. Sequer se considerava necessitada de ajuda. Afinal, havia transferido para o filho qualquer que fosse o problema existente na família, fazendo dele, desde logo, o "bode expiatório".

Família Reis

A família Reis era vizinha da família Serra que estava sendo atendida por mim. A mãe fora orientada por sua irmã, que era psicóloga, a procurar ajuda familiar ou de casal, pois o casamento havia se tornado bastante insatisfatório nos últimos três anos.

Este atendimento constituiu-se também de uma única entrevista. Tudo indicava que a mãe havia concordado com o atendimento por imposição da irmã, a quem fizera desabafos sobre sua infelicidade conjugal. Isto porque foi a irmã quem, inicialmente, havia me procurado para saber se eu, pessoalmente, poderia atender a família, em vez de encaminhá-la para um outro terapeuta; e também porque, entre a consulta da irmã e a efetiva procura da mãe, houve um intervalo de alguns dias. Durante esse intervalo a irmã, visivelmente constrangida, tentava me explicar que a mãe ainda não havia me procurado porque um dos filhos havia contraído hepatite e estava exigindo dela cuidados contínuos.

No primeiro contato telefônico a mãe pediu que o atendimento fosse no horário da noite ou em um sábado para que o pai pudesse participar. Diante da minha impossibilidade de atender seu pedido, combinamos realizar a primeira entrevista sem o pai; mas que este seria comunicado sobre minha ida à casa. Propus-lhe que, durante a entrevista, pessoalmente, e com mais vagar, juntas, poderíamos encontrar um outro horário que fosse comum a nós três; ou seja, ao casal e a mim. Quando fui à casa no dia e horário combinado, a mãe não se encontrava em casa. A empregada disse que ela havia ido à casa de uma vizinha para dar um telefonema (a família estava sem telefone). Para não me deixar sozinha, a empregada sentou-se na sala, e como se fosse a dona da casa "fez sala" enquanto aguardávamos o retorno da mãe. Como a mãe tardava a voltar, a empregada foi em sua busca. Ao retornar, a empregada pediu licença e logo foi para a cozinha, deixando-me sozinha na sala. Passaram-se ainda alguns minutos antes que a mãe surgisse trazendo junto o filho menor. Desculpando-se pelo atraso, esclareceu que estava conversando com o pediatra dos filhos. Agora, além do filho maior, o filho menor também estava com hepatite.

Durante a entrevista, realizada na presença do filho menor – este, aparentemente entretido com seus brinquedos –, a mãe relatou que, no início do casamento, ela e o pai eram felizes e tudo transcorria bem, sem problemas ou contratempos, embora o pai fosse um tanto estranho, do tipo sonhador, pouco sociável e por quem as pessoas sentiam pouca simpatia. Para ele, o filho menor era um verdadeiro ídolo, justamente por ser tão diferente dele: sociável, extrovertido e benquisto por todos.

O pai trabalhava em uma empresa na qual seu cunhado fora presidente. Com a saída dele da presidência, o pai foi demitido. Foi um choque para ele ver-se na condição de desempregado e de precisar procurar trabalho, pois não estava habituado a enfrentar dificuldades. Depois de algum tempo foi admitido em outra empresa, mas com um salário bem menor do que o anterior. Foi nesta fase que aconteceu a gravidez do filho menor. Tendo sido uma gravidez inesperada e indesejada, a mãe cogitou em fazer o aborto; porém, acabou desistindo. [Com a demissão do emprego, o casal enfrentou uma crise por perda que não foi devidamente solucionada, acarretando prejuízos adaptativos para ambos. A união não se desfez, talvez devido à gravidez, inconscientemente bem-vinda para o casal, o que acabou transformando o filho menor em "ídolo", ou seja, o salvador do casamento.]

Há quatro meses, quando a mãe já não estava mais suportando o casamento, foi procurada pela sogra. Esta lhe pediu paciência, e confidenciou que o pai era filho adotivo desde os três anos de idade. Como ele não sabia de nada, a mãe deveria guardar segredo absoluto sobre esse fato. Caso contrário, muitas pessoas iriam sofrer, e a mãe se tornaria responsável por alguma tragédia que viesse a acontecer. Inicialmente, a mãe sentiu raiva por não lhe terem contado antes um dado tão importante. Mas, logo em seguida, sentiu pena do pai; e, cheia de remorsos, passou a mimá-lo em excesso.

O pai fora considerado uma criança superdotada e enviado para uma escola especial. Contudo, tempos depois, foi excluído da escola porque seu desempenho ficou bastante aquém do esperado. Triste e frustrado, fez, nesse período, duas tentativas de suicídio. [A mãe devia recear que, se ela deixasse o pai e fosse embora, este iria tentar o suicídio mais uma vez. Fazia três anos que a mãe, como se estivesse se preparando para uma separação, voltara a lecionar em uma escolinha de educação infantil e iniciara um curso superior que pretendia concluir naquele ano.]

Para que o pai pudesse participar do atendimento, marcamos a segunda entrevista em meu consultório, em um horário bem no começo da manhã. No horário da entrevista, o pai liga para avisar que a mãe estava levando o filho menor, com urgência, para o hospital. Passados alguns dias, em conversa telefônica, eu e a mãe combinamos um novo horário. Mas a mãe não se mostrava confiante de que o trabalho terapêutico traria resultados. Achava que o pai parecia pouco disposto a participar. Disse-lhe então que poderíamos realizar o trabalho terapêutico somente com sua participação, para ver o que poderia ser melhorado ou fortalecido nela mesma, caso, de fato, o pai não se dispusesse a participar. E assim, marcamos o dia da segunda entrevista. Porém, no dia marcado, nem o pai e nem a mãe compareceram, e sequer avisaram. Tentei ainda por duas vezes fazer contato com o casal, deixando recados na casa vizinha. Mas foi tudo em vão. Eles nunca responderam aos meus recados.

Pude então me dar conta de que a motivação da família pelo trabalho terapêutico, principalmente da mãe, era muito baixa. Ou, talvez, os segredos que a mãe havia trocado comigo na ausência do pai tivessem despertado o temor de que, se eles fossem revelados, a relação conjugal ficaria por demais perturbada, e sem perspectivas de qualquer melhora. É possível que ela achasse mais conveniente ser a outra "mãe adotiva" do marido, do que tentar, infrutiferamente, tê-lo como homem.

Material deste Estudo

O material do estudo[6] baseia-se em:
a) entrevistas – preventiva e na forma tradicional – realizadas com os membros familiares mais diretamente envolvidos com a queixa apresentada, para definição da situação-problema e planejamento terapêutico;
b) sessões de psicoterapia conduzidas conforme modelo proposto pela Psicoterapia Preventiva da Família, contendo as comunicações verbais e não verbais nelas ocorridas, bem como as intervenções e interpretações realizadas;
c) resultados terapêuticos avaliados com base nas sessões que precederam o término ou interrupção da psicoterapia, e nas sessões subseqüentes, ocorridas nos retornos trimestrais. Eles foram analisados pelo conjunto das soluções alcançadas pelos membros individuais (embora, em algumas famílias, uns tenham se beneficiado mais do que outros), e conforme tenham sido ou não atingidos os objetivos terapêuticos pretendidos no início do processo. Quando se tratava de situação-problema envolvendo apenas um membro familiar, a avaliação foi feita como em caso individual. Por exemplo, se o problema estava no setor Pr, digamos: desemprego, a qualidade da solução dependia somente de se o emprego encontrado era ou não gratificante e livre de conflitos intrapsíquicos e/ou ambientais. Se a situação-problema envolvia, contudo, dois ou mais familiares, a avaliação era realizada conforme correspondesse à solução encontrada: maior ou menor adequação para a eficácia do conjunto familiar. Por exemplo, uma relação inconscientemente incestuosa surgida entre mãe e filho maior da família Divino que veremos adiante, e que foi resolvida com frustração das gratificações eróticas direcionadas para ligações extrafamiliares, foi considerada

---

6. O material completo coletado, dada sua extensão, não consta deste livro; ele pode, no entanto, ser consultado em Yamamoto, K. (1990).

adequada dado o potencial de gratificação isento de conflitos psíquicos e ambientais que trouxe. Embora um dos membros da dupla se queixasse de que a gratificação havia ficado bastante reduzida pela solução adotada.

Resultados

Os resultados do processo terapêutico, ou seja, as soluções encontradas para os membros familiares e para o conjunto familiar encontram-se no Quadro 2.

O Quadro 3 traz o resumo do atendimento familiar realizado com cada uma das vinte famílias do estudo e sua evolução.

QUADRO 2 – PROCESSO TERAPÊUTICO E SOLUÇÕES

FAMÍLIA	QUEIXA	N°	SITUAÇÃO-PROBLEMA	N°**	RESULTADOS GLOBAIS A	B	C	D	SOLUÇÃO DOS MEMBROS DA FAMÍLIA
Amaro	O filho está tendo um mal aproveitamento escolar	1	Não foi definida por falta de dados	–	–	–	–	x	–
Antunes	O filho está distraído e desatento na escola	3	Mãe sente-se insegura com o namorado. A agressividade, oriunda da frustração com ele, a mãe a desloca para o filho	07	–	–	–	x	mãe = inconclusiva filho = inconclusiva
Caldas	Filha menor não gosta de estudar e nem tampouco fazer as lições	3	Forte preconceito na família com relação a limitações intelectuais. A filha menor usa este fato para obter ganhos afetivos dos pais	27	x	–	–	–	pai = adequada mãe = adequada filha maior = adequada filha menor = adequada
Divino	Há duas semanas, o filho maior, depois de beber muito, ficou desaparecido por 24 horas	2	Saída do pai de casa e substituição do lugar vago pelo filho maior	20	x	–	–	–	mãe = pouco adequada filho maior = adequada
Dourado	Mãe incisivamente nervosa, com crises de depressão	3	Luto mal elaborado pela perda do pai	69	–	–	x	–	mãe = pouquíssimo adequada avó materna = pouco adequada filho maior = pouco adequada filho do melo = pouco adequada filho menor = pouco adequada
França	Filho é inteligente, mas não quer estudar e nem fazer as lições	3	Situação familiar dominada por sentimentos de ciúmes e de rivalidade	12	–	–	–	x	pai = inconclusiva mãe = inconclusiva filho = adequada
Garibaldi	O filho é agitado e arteiro na escola	2	Conflito na relação entre mãe e filho adotivo	05	x	–	–	–	pai = adequada mãe = adequada
Germano	Mãe não consegue ter uma profissão e nem se sentir boa mãe para a filha	4	1) Mãe sente-se impedida de ser boa mãe para a filha, sem entender as razões 2) Relacionamento afetivo e sexual desajustado com o companheiro	14	–	x	–	–	mãe = adequada com relação à filha e pouco adequada com relação ao pai
Hispana	Mãe sente-se insegura porque acredita que o pai está cometendo adultério	2	Temerosa de enfrentar a separação, a mãe não sabe como resolver o crônico problema de desajustamento do casal	06	–	–	–	x	mãe = inconclusiva
Luz	Brigas e agressões constantes entre mãe e a filha maior	2	Mãe e filha maior disputam entre si a atenção e o carinho do pai. Para a mãe, a filha maior é a rival que deve ser afastada ou eliminada	16	x	–	–	–	pai = pouco adequada mãe = adequada com relação à filha maior e pouco adequada com relação ao pai filha maior = adequada
Macedo	Família está descontente com o namoro da filha	4	O casamento do filho, e sua consequente saída de casa, provocaram uma crise familiar por perda e uma tentativa de crescimento rápido e desastrado da filha maior	08	–	x	–	–	mãe = pouco adequada

CAPÍTULO 4 – ESTUDO DO MÉTODO DA PSICOTERAPIA PREVENTIVA DA FAMÍLIA   81

			N*	N**	
Moreno	Filho caçula está triste e inconformado com a saída de casa do irmão	1	16	X	pai = adequada mãe = adequada
Neves	Mãe está desanimada e nervosa com a progressiva debilitação física do pai	2	28	X	pai = inconclusiva mãe = adequada
Pinheiro	Mãe está apavorada com a idéia de ser assaltada e maltratada fisicamente, e de ter o filho raptado	3	12	X	mãe = adequada
Reis	Mãe sente-se insatisfeita com o casamento	1	–	–	–
Santana	Mãe sente-se deprimida e frustrada na vida pessoal e no trabalho	2	42	X	pai = pouco adequada mãe = adequada filha maior = adequada filha menor = adequada
Santos	Mãe sente-se sozinha e com muito medo de morrer, vítima de mal súbito	3	06	–	mãe = inconclusiva
Serra	Filha maior recebeu recomendação médica para consultar psicólogo	2	14	–	pai = inconclusiva mãe = inconclusiva filha maior = inconclusiva filha menor = adequada
Tupi	Filha maior, para grande aflição da mãe, recusou-se a ir à aula alegando mal-estar sem gravidade	4	08	–	pai = inconclusiva mãe = inconclusiva filha maior = inconclusiva
Viana	Não traz queixa específica. A indicação de psicoterapia foi feita pelo médico da filha menor	3	57	X	mãe = adequada filha maior = adequada filha menor = adequada

Ocorrência de grave doença na filha maior coincidindo com ameaça de separação do casal

1) Desajustamento conjugal
2) Aproximação incestuosa entre pai e filha maior estimulada pela mãe
3) Mau aproveitamento escolar da filha maior

1) Separação litigiosa do casal abalou a mãe profundamente
2) Repercussões negativas sobre as filhas

Casal com dependência recíproca; marido deprimido com a invalidez e a morte que se aproxima, e a esposa, insegura ante a perspectiva de ficar sozinha

Medo da mãe de ser assaltada e maltratada, e de ter o filho raptado

Não foi definida por falta de dados

Vivências depressivas da mãe de base não localizada

Tensão familiar provocada por sintomas hipocondríacos da mãe

Mãe sofre com a perda do filho maior, a quem se ligara por falta de afeto do pai, mas não consegue expressar livremente seus sentimentos de pesar e de ciúmes

N* – número de entrevistas realizadas
N** – número de sessões realizadas
N** (negrito) – corresponde ao número de sessões realizadas antes do primeiro retorno
A) **adequado** – quando os familiares envolvidos resolveram a situação-problema de forma gratificante e livre de conflitos intra e/ou extrapsíquicos
B) **pouco adequado** – quando a solução da situação-problema foi satisfatória, mas gerou conflitos intra e/ou extrapsíquicos; ou então a solução não provocou conflitos, mas foi pouco gratificante
C) **pouquíssimo adequado** – quando a situação-problema foi resolvida de maneira pouco gratificante e ainda gerou conflitos intra e/ou extrapsíquicos
D) **inconclusivo** – quando a família, prematuramente, desistiu da terapia antes que a solução da situação-problema adquirisse uma configuração mais precisa, seja em direção à adequação ou à inadequação

QUADRO 3 – RESUMO DO ATENDIMENTO FAMILIAR

FAMÍLIA	QUEIXA	N°	SITUAÇÃO-PROBLEMA	N°**	RESULTADOS GLOBAIS A	B	C	D	SOLUÇÃO DOS MEMBROS DA FAMÍLIA
Amaro	O filho está tendo um mal aproveitamento escolar	1	Não foi definida por falta de dados	–	–	–	–	X	–
Antunes	O filho está distraído e desatento na escola	3	Mãe sente-se insegura com o namorado. A agressividade, oriunda da frustração com ele, a mãe a desloca para o filho	07	–	–	–	X	mãe = inconclusiva filho = inconclusiva
Caldas	Filha menor não gosta de estudar e nem tampouco fazer as lições	3	Forte preconceito na família com relação a limitações intelectuais. A filha menor usa este fato para obter ganhos afetivos dos pais	27	X	–	–	–	pai = adequada mãe = adequada filha maior = adequada filha menor = adequada
Divino	Há duas semanas, o filho maior, depois de beber muito, ficou desaparecido por 24 horas	2	Saída do pai de casa e substituição do lugar vago pelo filho maior	20	X	–	–	–	mãe = pouco adequada filho maior = adequada
Dourado	Mãe incisivamente nervosa, com crises de depressão	3	Luto mal elaborado pela perda do pai	69	–	–	X	–	mãe = pouquíssimo adequada avó materna = pouco adequada filho maior = pouco adequada filho do meio = pouco adequada filho menor = pouco adequada
França	Filho é inteligente, mas não quer estudar e nem fazer as lições	3	Situação familiar dominada por sentimentos de ciúmes e de rivalidade	12	–	–	–	X	pai = inconclusiva mãe = inconclusiva filho = adequada
Garibaldi	O filho é agitado e arteiro na escola	2	Conflito na relação entre mãe e filho adotivo	05	X	–	–	–	pai = adequada mãe = adequada
Germano	Mãe não consegue ter uma profissão e nem se sentir boa mãe para a filha	4	1) Mãe sente-se impedida de ser boa mãe para a filha, sem entender as razões 2) Relacionamento afetivo e sexual desajustado com o companheiro	14	–	X	–	–	mãe = adequada com relação à filha e pouco adequada com relação ao pai
Hispana	Mãe sente-se insegura porque acredita que o pai está cometendo adultério	2	Temerosa de enfrentar a separação, a mãe não sabe como resolver o crônico problema de desajustamento do casal	06	–	–	–	X	mãe = inconclusiva
Luz	Brigas e agressões constantes entre mãe e a filha maior	2	Mãe e filha maior disputam entre si a atenção e o carinho do pai. Para a mãe, a filha maior é a rival que deve ser afastada ou eliminada	16	X	–	–	–	pai = pouco adequada mãe = adequada com relação à filha maior e pouco adequada com relação ao pai filha maior = adequada
Macedo	Família está descontente com o namoro da filha	4	O casamento do filho, e sua conseqüente saída de casa, provocaram uma crise familiar por perda e uma tentativa de crescimento rápido e desastrado da filha maior	08	–	X	–	–	mãe = pouco adequada
Moreno	Filho caçula está triste e inconformado com a saída de casa do irmão	1	Mãe sofre com a perda do filho maior, a quem se ligara por falta de afeto do pai, mas não consegue expressar livremente	16	X	–	–	–	pai = adequada mãe = adequada

CAPÍTULO 4 – ESTUDO DO MÉTODO DA PSICOTERAPIA PREVENTIVA DA FAMÍLIA

Neves	Mãe está desanimada e nervosa com a progressiva debilitação física do pai	2	Casal com dependência recíproca; marido deprimido com a invalidez e a morte que se aproxima, e a esposa, insegura ante a perspectiva de ficar sozinha	28	X	pai = inconclusiva mãe = adequada
Pinheiro	Mãe está apavorada com a idéia de ser assaltada e maltratada fisicamente, e de ter o filho raptado	3	Medo da mãe de ser assaltada e maltratada, e de ter o filho raptado	12	X	mãe = adequada
Reis	Mãe sente-se insatisfeita com o casamento	1	Não foi definida por falta de dados	–	X	–
Santana	Mãe sente-se deprimida e frustrada na vida pessoal e no trabalho	2	Vivências depressivas da mãe de base não localizada	42	X	pai = pouco adequada mãe = adequada filha maior = adequada filha menor = adequada
Santos	Mãe sente-se sozinha e com muito medo de morrer, vítima de mal súbito	3	Tensão familiar provocada por sintomas hipocondríacos da mãe	06	–	mãe = inconclusiva
Serra	Filha maior recebeu recomendação médica para consultar psicólogo	2	Ocorrência de grave doença na filha maior coincidindo com ameaça de separação do casal	14	X	pai = inconclusiva mãe = inconclusiva filha maior = inconclusiva filha menor = adequada
Tupi	Filha maior, para grande aflição da mãe, recusou-se a ir à aula alegando mal-estar sem gravidade	4	1) Desajustamento conjugal 2) Aproximação incestuosa entre pai e filha maior estimulada pela mãe 3) Mau aproveitamento escolar da filha maior	08	X	pai = inconclusiva mãe = inconclusiva filha maior = inconclusiva
Viana	Não traz queixa específica. A indicação de psicoterapia foi feita pelo médico da filha menor	3	1) Separação litigiosa do casal abalou a mãe profundamente 2) Repercussões negativas sobre as filhas	57	X	mãe = adequada filha maior = adequada filha menor = adequada

Número de sessões realizadas (em negrito) – refere-se ao número de sessões realizadas antes do primeiro retorno
Adequado – quando os familiares envolvidos resolveram a situação-problema de forma gratificante e livre de conflitos intra e/ou extrapsíquicos
Pouco adequado – quando a solução da situação-problema foi satisfatória, mas gerou conflitos intra e/ou extrapsíquicos; ou então a solução não provocou conflitos, mas foi pouco gratificante
Pouquíssimo adequado – quando a situação-problema foi resolvida de maneira pouco gratificante e ainda gerou conflitos intra e/ou extrapsíquicos
Inconclusivo – quando a família, prematuramente, desistiu da terapia antes que a solução da situação-problema adquirisse uma configuração mais precisa, seja em direção à adequação ou não
Concluído com seguimento – famílias que, concluída a terapia e aceitando a mensagem preventiva, associaram-se à Sociedade de Psicologia Clínica Preventiva e, por isso, continuaram sendo atendidas através dos retornos trimestrais
Concluído sem seguimento – famílias que concluíram a terapia, mas não quiseram continuar vinculadas à Sociedade de Psicologia Clínica Preventiva
Desistência – famílias que abandonaram o atendimento antes do término da terapia

Alguns Resultados para Futuras Pesquisas

Embora a pesquisa tenha sido feita para estudo do método da Psicotrapia Preventiva da Família, visando examinar suas características quando aplicada a nossa população, alguns resultados obtidos permitem formular algumas conjecturas à guisa de dados para futuras pesquisas.

Resultados do Processo (20 famílias)

a) concluído com seguimento: 5 famílias (25%) – famílias que, concluída a terapia e aceitando a mensagem preventiva, associaram-se à Sociedade de Psicologia Clínica Preventiva e, por isso, continuaram sendo atendidas através dos retornos trimestrais;
b) concluído sem seguimento: 7 famílias (35%) – famílias que concluíram a terapia, mas não quiseram continuar vinculadas à Sociedade de Psicologia Clínica Preventiva;
c) total de atendimentos concluídos: 12 (60%);
d) desistência: 8 (40%) – famílias que abandonaram o atendimento antes do início ou do término da terapia.

Foram concluídos 60% dos atendimentos sugerindo que há uma aceitação regular do método, requerendo aprofundar investigações sobre motivação e sobre manejo das resistências. Os 40% de famílias desistentes não diferem muito quantitativamente do que ocorre nos atendimentos individuais.

Resultados Terapêuticos

Resultado Geral (12 atendimentos)

9 soluções adequadas – 75% das famílias atendidas;
2 soluções pouco adequadas – 17% das famílias atendidas;
1 solução pouquíssimo adequada – 8% das famílias atendidas.

Das 12 famílias que concluíram o atendimento, as soluções encontradas para a queixa (situação-problema) que levou à procura de ajuda, 75% encontrou soluções adequadas, o que corresponde a um bom indicador da eficiência da Psicoterapia Preventiva da Família quando a família aceita participar do processo. Duas famílias, 17%, encontraram soluções pouco adequadas, sugerindo aproveitamento apenas regular do atendimento. Ao passo que uma família (8%) conseguiu apenas soluções pouquíssimo adequadas indicando que apesar da disposição de enfrentar o processo, existem limitações que não são superáveis apesar do empenho, como em qualquer terapia.

Resultados Conforme Seguimento

Evolução	solução adequada	solução pouco adequada	solução pouquíssimo adequada
5 concluídos c/ seguimento	(4) 80%	(1) 20%	0
7 concluídos s/ seguimento	(6) 85%	0	(1) 15%

As cinco famílias que concluíram o atendimento da queixa (situação-problema) e resolveram ser acompanhadas trimestralmente, obtiveram 80% das soluções adequadas e 20% (um resultado) com solução pouco adequada. É possível que a continuação do atendimento, apesar das soluções apenas "pouco adequadas", evitou que o resultado fosse pior (pouquíssimo adequado). As sete famílias que concluíram o atendimento, mas não aceitaram continuar, obtiveram 85% de soluções adequadas. A diferença talvez esteja nos 15% de soluções pouquíssimo adequadas, sugerindo que – embora os dados da pesquisa sejam escassos –, se a família que não quis seguimento após concluído o atendimento, tivesse aceito a continuação, as soluções às situações-problema poderiam ter evoluído para "pouco adequado", senão mais.

Análise Preliminar

Examinando as famílias deste estudo, verificou-se, primeiramente, que todos os atendimentos tiveram seus pedidos feitos pelas mães e nunca pelos pais. A participação dos pais foi bastante reduzida quando comparada com a das mães, independente de suas condições econômicas, sociais e culturais (este aspecto será discutido com mais detalhes quando tratarmos do Tema 4). Dentre os vinte pedidos feitos, dez eram direcionados para as próprias mães e dez para seus filhos, sendo que, destes, oito eram crianças (três meninas e cinco meninos) e dois eram adolescentes (uma moça e um rapaz).

As mães que pediam atendimento para si próprias estavam em busca de ajuda para lidar com suas insatisfações pessoais e angústias depressivas (famílias Santana, Santos, Dourado, Germano e Reis); suas inseguranças e angústias persecutórias (família Pinheiro); ou com as perdas significativas que estavam ocorrendo ou poderiam vir a ocorrer em suas vidas (famílias Viana, Hispana, Neves e Macedo). Elas faziam queixas a respeito dos maridos, filhos e familiares, afirmando que eles eram, em parte, responsáveis pelo sofrimento por que passavam. Mas sem deixar de reconhecer que elas também possuíam dificuldades que precisavam ser tratadas. E, ansiosas por uma melhora, queriam se submeter à terapia, não importando o interesse dos demais familiares em partilhar, ou não, junto com elas, do trabalho a ser iniciado. Quando, no entanto, o pedido era feito para os filhos, as mães diziam que eles eram os responsáveis pelos transtornos e preocupações em que viviam. Ou seja, os filhos deveriam ser tratados porque eles estavam perturbando toda a harmonia familiar. As queixas trazidas enfatizavam dificuldades ora na aprendizagem (famílias Caldas, Antunes e Tupi), ora na área da conduta: dentro de casa ou na escola (famílias Luz, Moreno, Garibaldi, Divino, França e Amaro); ou em ambas. Apenas na família Serra o problema fugia à regra; nela, o problema estava ligado ao câncer que ameaçava a vida da filha maior.

Observando com atenção cada uma destas dez últimas famílias, temos que: na família Caldas, os pais e a filha maior se viam livres de suas "falhas" tornando a filha menor (portadora da queixa) a representante da "imperfeição" familiar; na família Antunes, a mãe, responsabilizando o filho por seus fracassos e frustrações amorosas, descarregava nele a raiva e o rancor que sentia pelo namorado – o pai do filho; na família Tupi, a mãe, identificando a filha maior com sua odiada irmã mais velha, queria aniquilá-la impiedosamente, através de torturas infligidas com sadismo; na família Luz, a mãe projetava sobre a filha maior suas próprias fantasias incestuosas e de competição que possuía em relação à sua progenitora, além de tornar essa filha responsável pela renúncia que precisou fazer ao "grande amor de sua vida" para se casar com o parceiro sexual, ao saber que estava grávida; na família Moreno, a mãe responsabilizava o filho caçula pela dor e o ciúme que ela estava sentindo com a saída do filho mais velho de casa; na família Garibaldi, o filho adotivo se sentia inseguro porque a mãe estava ambivalente: não sabia se continuava com ele, ou se o devolvia à instituição de origem; na família Divino, o primogênito deveria tornar-se o substituto pleno do pai (que a mãe havia mandado embora de casa), ocupando o lugar vago como companheiro e marido da mãe; na família França, os pais, ao repetirem o padrão de conduta de suas famílias de origem, colocavam o filho na posição que eles próprios ocupavam quando eram crianças, ou seja, daquele que sofre de ciúmes ao se ver excluído da intimidade do casal parental; e na família Serra, a filha mais velha havia assumido para si a total responsabilidade de manter seus pais juntos e unidos mesmo que isso lhe custasse a vida. Nas famílias Amaro e Reis não houve tempo suficiente para conhecer a história familiar. Esses dados revelavam que os filhos estavam, na realidade, carregando sobre seus ombros, pesados fardos provenientes de conflitos não resolvidos ou mal-elaborados pertencentes a seus pais ou existentes na relação conjugal. Esses filhos, todos potencialmente bem dotados – física, emocional e intelectualmente–, estavam sofrendo sérios prejuízos nos setores adaptativos (A-R, Pr, Or e até S-C) em razão de terem sido escolhidos, por suas características pessoais e outras, tais como sexo e ordem de nascimento, para assumirem funções e papéis que não poderiam ser cumpridos sem que isto lhes provocasse intensos conflitos intra e extrapsíquicos. Isto é, eles haviam sido designados para se tornarem o "bode expiatório" de suas famílias, a fim de que elas não precisassem reconhecer suas próprias deficiências e fragilidades. Confirmando o que os autores que trabalham com famílias assinalam, os filhos das famílias desse estudo que estavam se tornando ou tinham se tornado o "bode expiatório" eram todos, ainda, adolescentes e crianças. Já em famílias capazes de reconhecer e suportar suas culpas e responsabilidades pelas dificuldades que enfrentavam (como se verificou em nove dentre as dez primeiras famílias consideradas – a família Neves estava constituída apenas pelo casal), não houve a necessidade de se criar um "bode expiatório".

Capítulo 5
Temas em discussão*

Primeiro Tema: Influência de Fatores Reconhecidos

Autores que realizam (ou realizavam) atendimentos familiares sugerem que os comportamentos intra e extrafamiliares são determinados por uma rede de fatores inconscientes que apresentam uma constância (por exemplo, o complexo edipiano, o "bode expiatório", o duplo vínculo, a idealização dos pais e filhos, a ascendência do pai como suprema instância, etc.). Investigamos se nas famílias brasileiras os padrões de conduta seguem este modelo proposto ou se eles apresentam peculiaridades próprias da nossa cultura. Maior conhecimento sobre esses aspectos permite ao terapeuta uma ação mais eficaz em seu procedimento terapêutico.

A – Conflito Edipiano

Dentre os fatores mencionados, destacamos, primeiramente, o conflito edipiano. Descoberto e descrito pela primeira vez por Freud (1900), e ampliado mais tarde por Klein (1928, 1952b), o conflito edipiano, que corresponde ao período em que a sexualidade infantil e os impul-

---

* Neste capítulo serão discutidas as hipóteses que requerem investigação.

sos amorosos e sexuais da criança convergem em direção aos progenitores para busca de satisfação e realização, é superado nos indivíduos normais, segundo Freud (1924), mas, para Klein, nunca é totalmente resolvido. Ele permanece latente, ao mesmo tempo em que ativo, para o resto da vida. Quando a resolução é bem encaminhada, favorece o pleno desenvolvimento afetivo sexual ulterior do adulto, orientando-o em direção a outros objetos amorosos que lhe trarão relações satisfatórias e compensadoras. Mas, quando a resolução não se efetua adequadamente, devido a experiências traumáticas, ou excesso de gratificação ou frustração, impedindo não apenas a superação do conflito, mas também promovendo a regressão aos estágios mais primitivos do desenvolvimento (Klein, 1928), tem-se a instalação das bases de futuros distúrbios adaptativos individuais e familiares.

Ao conflito edipiano de Freud, Klein (1928, 1952b) antecede com o "édipo arcaico", que tem início no primeiro ano de vida, a partir dos seis meses de idade, período em que o bebê começa a se relacionar com objetos totais e não mais parciais; isto é, ela coincide com a passagem da posição esquizoparanóide para a posição depressiva dentro do processo evolutivo (Simon, 1986) e encontra sua fase culminante ao redor dos quatro ou cinco anos de idade.

Observando as vinte famílias do estudo, percebemos em muitas delas a presença da situação edípica: em algumas (famílias Luz, Dourado, Divino, Macedo e Tupi), de forma mais fortemente atuante; em outras (famílias Pinheiro e Germano), de forma mais atenuada. Dentre todas essas famílias, a família Divino é a que melhor ilustra os prejuízos afetivos gerados pelo conflito edipiano.

Família Divino

Esta família, por ocasião do início do atendimento, estava formada pela mãe, de 38 anos, e seus dois filhos, de 20 e 18 anos. O pai fora "excluído" da família havia quatro anos.

A **queixa** era sobre o filho maior: duas semanas antes, após beber muito, ele ficou desaparecido durante 24 horas. Foi o desfecho de um processo iniciado há dois meses, quando ele iniciou um namoro com uma mulher de 33 anos. Com poucas semanas de namoro, ele queria se casar, e encontrou forte oposição por parte da mãe.

Aspectos Relevantes para a Compreensão da Psicodinâmica Familiar

SETOR A-R

Na família Divino, há quatro anos, a mãe, mesmo gostando do pai, e contrariando a vontade dele, quis desfazer o casamento porque não suportava mais os maus-tratos e as infidelidades que ele lhe fazia. Eles são primo-irmãos. A mãe conheceu o pai quando veio para o Brasil recém-casada com seu primeiro marido, um homem muitos anos mais velho do que ela, e que faleceu poucos meses após a chegada. Com pouco tempo de viuvez, a mãe casou com o primo. Logo descobriu que ele a traía com as funcionárias de sua empresa. Sentindo-se triste e desiludida, a mãe quis engravidar para ter um filho que lhe fizesse companhia e tornasse sua vida menos solitária. Como continuasse a se sentir infeliz no casamento, quando o filho maior estava com dez anos de idade, decidiu que iria se separar do pai. Iniciou um curso para se tornar massagista, e passou a dormir no quarto desse filho. Durante as conversas que mantinha com este à noite, no quarto, dizia-lhe que, quando completasse quinze anos, ele iria começar a trabalhar como menor de idade. Juntando o que ele fosse ganhar com o que ela já estivesse ganhando como massagista, poderiam custear as despesas da casa, e dispensar o pai e sua ajuda financeira.

A mãe tinha um namorado há três anos (um ano após a separação). Na época do início do atendimento estava afastada dele fazia três meses. Queria tempo para pensar se deveria ou não aceitar a proposta de casamento que ele lhe fazia. Os filhos conheciam o namorado. Ele freqüentava sua casa, mas as intimidades do casal só aconteciam no apartamento dele.

O filho maior dizia ter tido uma infância feliz. Brincava na rua (morou em casa e num bairro residencial tranqüilo) e ia às "matinês" com os amiguinhos da vizinhança. A única coisa que o entristecia eram as brigas que havia entre os pais. Eram brigas violentas, envolvendo até agressões físicas. Muitas vezes precisou intervir para evitar que acontecesse o pior. Queria que os pais ainda estivessem juntos, mas reconhecia que isso era impossível. A separação fora inevitável. Gostava muito de seus pais. Ao contrário de seu irmão, que não se dava com o pai, sempre que tinha oportunidade, procurava-o para conversar ou viajar em sua companhia. Anteriormente ao pedido de atendimento, o filho maior apresentou dois episódios de crise emocional. O primeiro foi aos quinze anos, pouco depois que seus pais se separaram. Usou maconha e, muito agitado, precisou ser internado em uma clínica para receber tratamento. O segundo foi aos dezoito anos, época em que a mãe estava planejando se casar com o namorado. Passou uma noite em um ambulatório do INPS e foi para casa. O terceiro e último episódio foi há duas semanas. Havia ido ao litoral e lá bebeu bastante. Entrou em estado confusional, e ficou sem saber quem era e onde estava durante 24 horas. Ele atribuía, como causa dessa crise, a estafa pelo excesso de trabalho. Sobre a namorada, disse que era a primeira mulher por quem se interessou seriamente. Pretendia se casar com ela. Até então, os namoros haviam sido típicos da adolescência: superficiais e com pouco envolvimento afetivo ou sexual. Possuía muitos amigos, com os quais costumava sair e fazer programas; às vezes, a namorada ia junto.

O filho menor foi pouco mencionado. Ele não gostava do pai. Dizia ter sido discriminado e preterido por ele em relação ao irmão. Sua efetiva participação no atendimento também foi restrita; porém, significativa. Na ocasião, identificado com o pai-marido, portou-se e dirigiu-se ao irmão mais velho de forma autoritária, criticando-o duramente de ser "irresponsável e moleque", expressando assim o ciúme que sentia da íntima proximidade que havia entre a mãe e o irmão. E, como o pai, ele também era, principalmente pela mãe, excluído do atendimento. A mãe alegava que as sessões só poderiam ocorrer em determinados horários, justamente aqueles em que esse filho menor, que era bancário e estudava à noite, não poderia estar presente: durante a semana e no período da tarde.

SETOR PR

A mãe, aos 29 anos, já com a intenção de se separar do pai, retornou aos estudos. Validou o diploma de ginásio obtido em seu país natal, fez supletivo do colegial e ingressou em curso de Enfermagem. Mas não chegou a concluir o primeiro ano. Trancou a matrícula e se profissionalizou como massagista. Formou uma clientela fiel que garantia sua sobrevivência e a de seus filhos. O pai, que não perdoava a mãe por ter lhe exigido a saída de casa, quando tinha oportunidade, acusava-a, perante os filhos, de ter sido a responsável pela dissolução do casamento. E, em represália, burlando a lei, dava o mínimo de ajuda financeira.

O filho maior sempre estudou em bons colégios e era ótimo aluno. Assim que o médico psiquiatra lhe desse alta pretendia começar a se preparar para o vestibular. Trabalhava desde os quinze anos. Iniciou como *office-boy*, e estava empregado, na época, como digitador em uma grande empresa nacional. Quanto ao filho menor, este nunca fora bom estudante. Trabalhava em um banco durante o dia, e estudava colegial à noite. Desde três anos atrás, fazia parte de uma seita religiosa à qual dedicava seus finais de semana.

SETOR OR

A mãe e os dois filhos não apresentavam problemas de quaisquer espécie no setor orgânico.

SETOR S-C

A família se conduzia adequadamente dentro das normas e das regras sociais, não tendo conflitos intra e extrapsíquicos nesse setor.

Situação-Problema

Tratava-se de uma família inconscientemente incestuosa. A separação do casal e a conseqüente saída do pai de casa desencadearam um conflito familiar quando se tratou de preencher o lugar vago, colocando o filho maior para substituí-lo. A substituição foi fácil enquanto dizia respeito ao aspecto material e financeiro. A dificuldade surgiu quando se constatou que a substituição incluía o componente sexual e a possibilidade de concretização das fantasias edípicas, as quais, nessa família, nunca foram totalmente sublimadas, e tampouco totalmente renunciadas. O filho maior nasceu predestinado a não deixar a mãe sozinha. Ao mesmo tempo, não podia ficar a seu lado ocupando o lugar do pai, de companheiro e marido. Preso a esse dilema, não podia construir uma vida própria e independente.

Objetivo da Psicoterapia

Ajudar mãe e filho maior a perceberem a indefinição existente em torno do desejo de se tornarem ou não um casal, e a conexão que se estabelecia entre essa indefinição e a desorientação em que vivia o filho maior, incapaz por se decidir se ocupava ou não o lugar do pai como provedor da família e marido da mãe.

Participantes

Mãe e filho maior participaram das duas entrevistas, e em dezoito das vinte sessões programadas. O filho menor só veio a participar mais tarde, quando foi demitido do emprego. Ao todo, o trabalho terapêutico teve duração de cinco meses. Foi solicitada a presença do pai, mas este se recusou a vir. Mandou dizer que não acreditava em trabalho de psicólogo.

Desenvolvimento da Psicoterapia

A aproximação à situação-problema deu-se na segunda sessão, quando eu disse ao filho maior que, a partir do momento em que a mãe passou a prepará-lo para substituir o pai, foi se instalando dentro dele uma confusão. Ao que ele responde:

P – Marido é outra coisa.
T – Outra coisa?
P – É, outra coisa, porque como marido é diferente...
T – Diferente como?
P – Você está falando de "complexo de Édipo"?
T – O que viria a ser isso?
P – Ah! Você sabe...

E logo se cala, demonstrando em seu rosto muita vergonha em continuar com o assunto. A mãe, nesta sessão, mostrava-se particularmente sedutora para com o filho. Portava-se de tal maneira provocante, que este, para escapar de suas atenções insinuantes, fixava o olhar no vazio, como se estivesse tomado de estupor catatônico.

Ponderando, a partir do que havia presenciado, se não seria mais conveniente, pelo menos temporariamente, atendê-los em separado, propus aumentar o tempo da minha permanência na casa para noventa minutos, e dividir o tempo da sessão em duas metades, ficando quarenta e cinco minutos com cada um deles.

Na quarta sessão, o filho maior conta que, no final de semana, durante o jantar, o namorado da mãe (a mãe e o namorado haviam se reconciliado), mesmo sabendo que ele estava proibido de ingerir bebida alcoólica em virtude da medicação psiquiátrica que vinha tomando, aproximou de sua boca uma taça de vinho. Sentiu-se tentado, mas conseguiu recusar. A mãe, que estava observando, deu sinais de que não havia gostado do que vira. Relacionando o vinho à sua mãe, interpretei que ele se sentia "tentado por ele", mas que não podia "tomá-lo" porque era uma "bebida proibida", que lhe "faria muito mal se o tomasse". O filho maior, deitado no sofá da sala, ouviu-me em silêncio, e, em seguida, olhando-me muito sério, disse: "Eu entendi". Após esta sessão, o filho mais velho foi buscar a purificação junto ao "irmão-pai": foi assistir ao primeiro sermão que este fez na igreja, para, segundo suas palavras, "dar-lhe apoio moral".

Na sexta sessão, a mãe, para quem eu já havia feito também a interpretação a respeito da ligação inconscientemente incestuosa que havia entre ela e o filho maior, traz que está se conduzindo de forma mais cuidadosa. Diz: "Afinal, com dois filhos adolescentes dentro de casa...". Deu-se conta de que não podia andar pela casa em trajes íntimos e nem tomar banho com a porta aberta. E, demonstrando estar enciumada, conta que o filho maior está cada vez mais envolvido com a namorada.

Quando cheguei para iniciar a décima-sexta sessão o filho maior estava saindo de casa. Em tom de brincadeira, disse-me: "Estava fugindo de você". Começou a falar que a mãe e o irmão menor, unidos, o estavam hostilizando bastante. De repente, queria saber se o problema que tinha era "complexo de Édipo". Perguntado como entendia isso, respondeu: "É o filho se apaixonar pela mãe, uma coisa ruim, e que no país dos meus avós, o culpado é punido, e tem a cabeça decepada". Na sessão seguinte, estava sério e distante. Sentia-se assustado porque gostava muito da mãe. Considerava-a bonita e bem conservada, capaz de suplantar mulheres muito mais jovens. Espontaneamente, disse estar com medo de descobrir verdades que estavam para serem descobertas. E, em seguida, que se via como um "fraco", e que, por isso, precisava, às vezes, recorrer à maconha.

Na décima-oitava e última sessão encontrei a mãe sozinha. O filho maior estava trabalhando com o pai em tempo integral. Disse estar bem e que não via mais motivos para continuar a terapia. E completa: "Era ele quem precisava. Se ele não quer mais...". Quando lhe fiz a proposta de se associar à Sociedade de Psicologia Clínica Preventiva, respondeu que gostaria de pensar um pouco antes de decidir, pois vivia tão "apertada" financeiramente que não sabia se iria poder pagar as mensalidades. Combinamos que eu retornaria depois de dois meses. Quando retornei, a mãe disse que o filho maior estava indo muito bem, e trabalhando com entusiasmo. Quem não estava bem era ela; havia terminado o namoro, e não sabia que rumo iria dar à sua vida.

Comentários

A solução da situação-problema, nesta família, acabou bem encaminhada; o filho maior se aproximou bastante do pai e se distanciou sexualmente da mãe. Esta, por sua vez, renunciou, em parte, a seduzir o filho maior; mas encontrava-se meio perdida, sem saber que direção tomar na vida ou qual objeto escolher. Que o filho maior tenha me visto como um juiz, foi algo necessário, visto que seu superego, com a permissividade e cumplicidade materna, era muito complacente. E que a mãe e o filho maior não tenham ficado agradecidos e reconhecidos pelo meu trabalho, foi muito natural, pois a solução encontrada implicava em muita frustração para ambos. Afinal, não se poderia esperar um final feliz nessas circunstâncias.

Assim como na família Divino, nas demais famílias o conflito edipiano interferia enormemente em suas relações: nas famílias Luz, Dourado e Macedo, mãe e filha, rivais uma da outra, disputavam, incessantemente, o amor e a preferência do pai idealizado; na família Tupi, o elemento incestuoso, instigado pela mãe, estava provocando graves perturbações psíquicas na filha maior; na família Pinheiro, a fantasia edípica se achava vinculada às fantasias persecutórias que tanto afligiam a mãe; e na família Germano, essa fantasia fora o fator decisivo na escolha que a mãe fizera do homem que se tornaria o pai de sua filha.

Entre essas famílias inclinadas ao incesto, três famílias – Macedo, Divino e Dourado – eram originárias da cultura árabe, e parentes entre si, incluindo casamentos consangüíneos; uma outra, a família Germano, era de origem alemã; e as outras três – famílias Luz, Tupi e Pinheiro – eram tipicamente brasileiras, sendo que a família Luz era migrante da região Norte do país, assim como o pai da família Tupi (a mãe desta família era nascida na região Sul do Brasil). Essas informações nos fazem pensar que fatores como tradição cultural e costumes regionais devem exercer influência na formação e dinâmica da vida sexual familiar.

Além do conflito edipiano, existem outros elementos que são universais às famílias. Atuando como mecanismos de defesa contra o desequilíbrio e a desintegração dos laços familiares, eles garantem, enquanto devidamente utilizados, a eficácia adaptativa familiar e a de seus membros. A patologia sobrevém quando esses elementos, utilizados com excessivo rigor, tornam a estrutura familiar rígida e pouco maleável, incapacitando-a para mudanças adaptativas necessárias ao seu processo evolutivo. Dentre esses elementos, destacamos:

B – Mitos Familiares

São segredos e crenças criados e cultivados em família, inconscientemente aceitos e compartilhados por todos os seus membros como verdades absolutas e inquestionáveis, não importando se eles se baseiam em ocorrências reais ou fantasiosas. Eles se originam a partir do momento em que as famílias se defrontam com situações traumáticas e penosas, difíceis de serem elaboradas, as quais surgem como graves ameaças à sua estabilidade. Sentindo-se incapazes de lidar realisticamente com tais situações, as famílias modificam-nas ou substituem-nas por relatos e estórias menos dolorosas e menos conflitivas. Estes, com o passar do tempo, transformam-se em verdades reais e únicas. Esses mitos (Ferreira, 1971) são tidos como poderosos condutores da vida familiar e do desenrolar das relações intra e extrafamiliares. Impondo secretamente normas e regras a serem obedecidas, eles atribuem a cada membro o papel que ele deve desempenhar e moldam seu comportamento segundo o princípio da complementaridade recíproca. Alguns mitos são perpetuados, sem alterações, através de várias gerações, pelo uso maciço dos mecanismos de negação, projeção e identificação projetiva. De maneira imperceptível, cada geração transmite, para a seguinte, elementos que nela foram projetados e com os quais cegamente se identificou.

Os mitos e as lendas familiares eram bastante evidentes, por exemplo, nas famílias Hispana e Caldas.

Família Hispana

A família Hispana era formada pela mãe, de 34 anos, secretária por profissão; pelo pai, de 37 anos, engenheiro de uma empresa multinacional; e pelo filho, de dez anos, que freqüentava a 4ª série.

O pedido de atendimento, feito pela mãe, trazia a seguinte **queixa**: ela estava sofrendo, fazia uma semana, de forte insegurança, confusão e dúvida, desde que surgiram fortes suspeitas a respeito da infidelidade do pai.

Aspectos Relevantes para a Compreensão da Psicodinâmica Familiar

SETOR A-R
A mãe iniciou o namoro com o pai ainda na adolescência. Estava casada há nove anos. Dois anos atrás, o pai confessou que estava

mantendo relacionamento íntimo com uma colega de serviço, mas que tudo não passava de aventura e que ele nem cogitava em se separar da mãe. A confissão só veio a confirmar as suspeitas que a mãe vinha tendo havia bastante tempo. O pai costumava dizer, por exemplo, que ia viajar a negócios ou participar de congressos; mas, nas malas de viagem, a mãe nunca encontrou material referente a cursos ou palestras. Depois de cuidadosa vigilância sobre os passos do pai, decidiu esclarecer a situação e o obrigou a confessar a verdade. Compreendeu na ocasião que o pai não era o único culpado. Achou que ela também o era, pois desde que parou de trabalhar, com o nascimento do filho, deixou de se cuidar. Relaxou na aparência e engordou. Enquanto o pai, um homem ambicioso e dinâmico, buscava desenvolver-se cada vez mais em sua profissão, ela permaneceu estagnada. Para se darem uma nova oportunidade, tanto ela quanto o pai resolveram fazer terapia individual. Mas a medida adotada não os ajudou muito. Com o tempo, o relacionamento entre eles já não tinha a espontaneidade de antes. Tornou-se um relacionamento forçado, cada qual tentando provar para o outro, por meio de atitudes gentis e de companheirismo, como estava empenhado em preservar o casamento.

A mãe era a filha mais velha, e tinha apenas um irmão, seis anos mais moço. Dizia não se dar bem com ele, pois, em seu entender, considerava-o um rapaz estranho e esquisito. Sobre seus pais, dizia gostar muito deles, e ficava triste de vê-los separados, cada um em uma casa, sozinhos e sem companhia. Mencionou ter dificuldades em lidar com o filho. Ele já não lhe obedecia como antes, e constantemente desafiava-a em sua autoridade de mãe. Achava que ele agia assim porque se sentia respaldado pelo pai, que o estragava mimando em excesso. Quanto a amizades, tinha-as muitas. Gostava de se sentir querida e de ser elogiada por todos. Freqüentemente levava doces e tortas que preparava em casa para distribuir entre os colegas de trabalho. Eles diziam que o pai era um homem afortunado; mas ele era o único que não reconhecia essas qualidades. A mãe dizia ainda que, ultimamente, estava saindo bastante para passear e se distrair com as amigas. O pai dava sinais de não apreciar essas saídas, principalmente se ela não levava o filho junto, deixando-o em casa ou com a avó materna. Além dessas distrações com as amigas, a mãe não possuía outros interesses em especial.

SETOR PR
Após o segundo grau a mãe ingressou no serviço público como datilógrafa e iniciou uma série de cursos profissionalizantes. Porém, não concluiu nenhum deles. Parou de trabalhar quando nasceu o filho, tornando-se apenas dona de casa.

Por orientação da ex-terapeuta e decidida a dar um sentido mais satisfatório à sua vida, há dois anos a mãe voltou a trabalhar fora de casa. Foi se empregar, em tempo integral, no setor administrativo de um hospital de grande porte. Estava recebendo um bom salário, mas, diante da pressão exercida pelo pai, que dizia estar desgostoso de ver a casa e o filho abandonados, pediu demissão e retornou, como autônoma, ao antigo serviço público. Esperava, com o tempo, ser contratada ou efetivada. Estava contente com o retorno ao trabalho, pois, mais do que o trabalho em si, o que gostava era de estar entre os colegas que conhecia de longa data.

SETOR OR
A mãe sentia-se muito bem fisicamente, sem problemas de nenhuma espécie, apesar de ter sofrido três abortos espontâneos depois do primeiro e único parto. O primeiro aborto aconteceu com seis meses de gravidez, quando o filho tinha cerca de dois anos de idade. O segundo, dois anos depois, e no quinto mês de gravidez. E o terceiro, pouco tempo depois; não lembrava da data e nem com quantos meses de gravidez estava. A explicação dada pelos médicos para abortos tão seguidos foi de que, com a primeira gravidez, o útero teria ficado dilatado. Desta forma, cada vez que a mãe engravidava, o útero tendia a "descer", e ficar vulnerável a infecções causadas por microorganismos que penetravam pela vagina. [É possível que a mãe nunca tenha se sentido possuindo o pai.

Insegura, pode ter estado sempre à espera da separação e por isso não quis ter outros filhos.]

SETOR S-C
A mãe mantém uma conduta regrada, obedecendo às normas e aos costumes do meio em que vive.

Antedecentes Familiares

Os progenitores da mãe estão separados há dez anos. Como todos os parentes, incluindo avós, tios e primos, eles também foram funcionários públicos. Hoje estão aposentados. Dentro do funcionalismo, sua progenitora ascendeu de uma função subalterna (ajudante de cozinha) para o cargo de técnico de laboratório, enquanto seu progenitor permaneceu, até a aposentadoria, na mesma função humilde em que começou na seção de almoxarifado. Este, de acordo com as lembranças da mãe, passava muito tempo fora de casa, envolvido em jogo de cartas e apostas em cavalos de corrida. Por isso, ela e o irmão foram criados, praticamente, por sua progenitora e avós maternos.

Situação-problema

A descoberta de evidências inegáveis sobre o adultério do pai havia colocado a mãe, pela segunda vez, perante a exigência de resolver um problema crônico de desajustamento do casal. Essa resolução vinha sendo adiada há dois anos, desde quando o casal enfrentou uma crise por ameaça de dissolução do casamento, a qual foi lidada de forma incompleta e inadequada. Agora, como naquela ocasião, com medo de enfrentar a separação para a qual não se sentia preparada, a mãe não conseguia sair da posição de impasse absoluto, que a paralisava e impossibilitava de encontrar a solução que se fazia necessária.

Objetivo da Psicoterapia

Compreender com a mãe o que a levava a permanecer casada com um homem de quem sentia receber tão pouco afeto, e ajudá-la a resolver o conflito que a fazia sofrer tanto.

Participantes

As sessões foram realizadas somente com a mãe. Porém, o pai e o filho estavam cientes das minhas idas à casa.

Desenvolvimento da Psicoterapia

Quando fizemos o contato telefônico a mãe pediu que a entrevista inicial fosse feita em meu consultório porque sua casa era pequena; e, com o filho presente, não teríamos privacidade para conversar. Não sabendo ainda o que a fazia me procurar, achei que seria contraproducente insistir em atendê-la no seu domicílio. Concordei que ela viesse a meu consultório. Durante a entrevista inicial a mãe colocou-me a par dos últimos acontecimentos relativos ao adultério do pai. Fazia uma semana que, por acaso, descobrira uma das muitas mentiras que ele vinha lhe contando para, certamente, se encontrar com a moça com quem tivera um "caso" dois anos atrás. No último fim de semana o pai saiu de casa dizendo que passaria a tarde na sauna do clube. No decorrer da semana, porém, a mãe soube que a sauna do clube estava fechada para reforma há mais de um mês.

Apesar da relutância da mãe, marcamos a segunda entrevista na sua casa. Ela ponderou que, em último caso, poderíamos realizar a entrevista no seu dormitório. Nessa segunda entrevista a mãe reclamou que o pai mimava excessivamente o filho. Concordou comigo que sentia que os dois, pai e filho, formavam uma dupla, e que ela se sentia excluída e muito enciumada. Quando cheguei para esta entrevista, a mãe retirou o fone do gancho para não sermos interrompidas e mandou o filho brincar na rua com os amiguinhos. [O filho deve representar o irmão que, ao nascer, roubou parte da atenção que a mãe, até então, como filha e neta única, recebia de seus progenitores e de seus avós maternos.] Ao relatar sobre sua vida conjugal, a mãe disse que era muito inibida sexualmente. Após ler um livro que tratava de sexo, e que havia sido indicado pelo pai, passou a observar que ele parecia se sentir seguro se ela continuasse tímida e insegura como sempre fora. [Para não assustar o pai, a mãe intuiu que deveria permanecer menina e não se transformar em mulher.]

Na segunda sessão, a partir de minha solicitação, a mãe contou sobre sua história familiar. Foi quando veio à tona como ela, do mesmo modo que seus familiares e parentes, se impedia de desenvolver, precisando estar sempre agarrada à "mãe-estatal", cujo representante era o pai. Dependente, a mãe aprisionava seu crescimento. Precisava ser "funcionária pública" até mesmo em relação ao pai, pois acreditava, apoiada no mito familiar "da orfandade e perpétua infância" que, se não se sustentasse nos "seios do Estado", sucumbiria à morte e à destruição. Por isso, necessitava agradar a todos, seus progenitores e colegas de serviço, preparando-lhes doces e tortas caseiras. Mas não era somente a mãe que era dependente. O pai também o era. No decorrer do processo terapêutico a mãe relatou que a empresa na qual o pai trabalhava iria desativar a fábrica que tinha no Brasil. Dentre todos os funcionários, o pai foi o único a ser convidado a ir trabalhar na Europa. E ele estava indeciso entre sair da empresa e, permanecendo no Brasil, procurar outro emprego; ou mudar de país para permanecer na empresa. A mãe estava entusiasmada com a possibilidade de ir morar na Europa, pois acreditava que, com a mudança, todos os seus problemas conjugais e familiares iriam ser magicamente solucionados.

Durante a terceira sessão, enquanto interpretava para a mãe que ela não podia sequer se ver longe do pai, pois ele significava a eterna segurança da qual ela jamais poderia prescindir, fomos interrompidas pelo encanador que viera examinar a pia da cozinha que estava entupida. Ele queria saber se a mãe concordava ou não com o orçamento do serviço que seria feito. A mãe ficou assustada com o preço proposto, mas resolveu aceitar, dizendo que a pior coisa do mundo é uma pia entupida. Ponderei que esta seria uma metáfora que traduzia o que estava ocorrendo na vida do casal – a vida conjugal da mãe encontrava-se igual a uma pia entupida. Estaria ela disposta a pagar o preço necessário para "desintupi-la"? A sessão e as faltas que se seguiram a esta me responderam que não. Na quarta sessão a mãe comenta que a sessão anterior fora muito boa. Está feliz porque irá ficar quinze dias na Europa para conhecer a cidade em que irá morar. Interpreto que a Europa representava, naquele momento, a solução mágica que iria levar para bem longe as frustrações, tristezas e decepções que estavam existindo em sua vida. Mas a mãe não concorda com a minha interpretação.

Antes da sétima sessão a mãe deixa um recado cancelando a sessão porque irá viajar no final de semana. Esse recado me fez pensar que, por alguma razão, a viagem para a Europa fora antecipada. Ou então, decidindo se livrar da terapeuta que a pressionava a encarar uma verdade incômoda preferiu mentir – como é comum quando a paciente não agüenta a angústia de encarar a situação – e se desfaz da terapia como quem se livra de um fardo oprimente.

É possível que a colocação um tanto prematura do dilema no conflito conjugal – deixar entupido ou pagar um preço alto – inclinou a mãe a interromper o trabalho terapêutico e escapar pela tangente da fuga mágica para a Europa.

Tempos depois, a mãe de uma outra família que eu atendia, e que era amiga da mãe da família Hispana, disse, em meio à sessão, que tivera um encontro com ela, o que me fez concluir que a família não havia mudado para a Europa como a mãe me fizera crer, corroborando a hipótese da falsa motivação turística para a interrupção repentina.

Comentários

Por falta de continuidade do atendimento o alcance dos objetivos propostos ficou parcialmente prejudicado, embora algum *insight* tenha sido possível. O incremento da angústia da mãe, que a levou a interromper prematuramente a psicoterapia, usando como pretexto (racionalização) a ainda incerta mudança da família para a Europa, não possibilitou o encontro de soluções que resolvessem o problema conjugal.

Família Caldas

A família Caldas era composta pela mãe de 36 anos, com formação universitária, pelo pai, também com 36 anos e formação universitária, e duas filhas, de oito e seis anos. Esta família, com firme tenacidade, pretendia se constituir como uma família perfeita, sem falhas e defeitos, os quais, se por infortúnio houvessem, eram atribuídos à filha menor.

A **queixa** apresentada dizia respeito à filha menor, que não gostava de estudar e nem tampouco de fazer as tarefas escolares. Os pais, preocupados, receavam que ela não conseguisse ingressar no colégio onde já estudavam a irmã e os primos (por parte de mãe), fato esse que, para eles, era de extrema gravidade.

Aspectos Relevantes para a Compreensão da Psicodinâmica Familiar

SETOR A-R

Os pais se conheceram na adolescência. Fizeram parte da mesma turma de bairro e cresceram namorando-se. O namoro deles contrariava, sobretudo, a progenitora da futura mãe. Aquela, muito exigente em questão de estudo, queria para a filha um namorado estudioso e não um rapaz como era o futuro pai, aluno pouco aplicado e que ainda repetia o ano.

A futura mãe, filha mais velha (tinha três irmãos mais novos, sendo o terceiro, ainda criança, quase da mesma idade da filha maior), era muito estudiosa. Esforçava-se bastante para poder continuar freqüentando um dos mais conceituados ginásios públicos da época. Pensava que, sendo boa aluna, iria agradar sua progenitora; e, assim, obter mais carinho dela. Mas tudo era em vão. A progenitora não prestava atenção nela e nem em suas notas escolares. Só se interessava pelos dois filhos e, mais ainda, por seus irmãos menores, tios da futura mãe. Recorda que, quando seus irmãos foram reprovados e jubilados do mesmo ginásio onde ela estudava, sua progenitora não os repreendeu, nem, muito menos, os castigou. Queixava-se de que ainda era assim. Sua progenitora estava sempre a favor dos filhos e nunca a seu favor. A preferência da progenitora pelos filhos homens era algo visível para todos os familiares e parentes. A futura mãe, sentindo-se magoada, aproximou-se do progenitor. Sempre quis se entender com sua progenitora, conversar com ela como amigas, mas sentia que uma hostilidade velada estava sempre presente entre elas.

O futuro pai é filho caçula e "temporão". Sua família era formada por seus progenitores, duas irmãs mais velhas e uma tia materna solteira. Cercado por tantos adultos, ele cresceu bastante mimado por eles. Não lhe foram feitas exigências e nem cobranças, fosse em relação ao estudo ou ao trabalho. Já adulto, pensava que seus progenitores deveriam ter sido mais severos com ele – tê-lo obrigado a estudar com mais seriedade e começar a trabalhar mais cedo para adquirir maturidade e senso de responsabilidade.

Antecedentes Familiares

A família do futuro pai residia em uma cidade distante, no interior do estado de São Paulo. Muito pouco foi dito a respeito dela. Sua presença às entrevistas e sessões era obscurecida pela família da futura mãe, sempre onipresente, de forma explícita ou velada, como o era no dia-a-dia da família Caldas. A família do futuro pai, assim como ele, denotava ser, ao contrário da futura mãe e sua família, avessa a conflitos e pouco inclinada a travar disputas internas motivadas por sentimentos de, principalmente, ciúme e inveja.

A convivência entre a família Caldas e as famílias dos irmãos da futura mãe era muito estreita. Não passava um dia sequer sem que eles se comunicassem entre si ou fossem um à casa do outro.

Pouco tempo depois de termos iniciado o atendimento, a progenitora da mãe procurou psicoterapia para si. A futura mãe sempre considerou exagerado o apego de sua progenitora pelos próprios irmãos (tios da futura mãe). Por causa desse apego, dizia, seu pai e irmãos foram "deixados de lado". Contou que a progenitora teria se casado com o pai por interesse e não por amor, pois ele, engenheiro formado, encontrava-se em boa situação financeira. Órfã de pai muito cedo, a progenitora, tendo tomado para si a responsabilidade de cuidar de sua mãe e dos irmãos menores, buscou um casamento que lhe trouxesse segurança material para assim poder continuar dando assistência à sua família.

Quando a futura mãe teve a primeira filha, sua progenitora engravidou do terceiro filho. Foi uma surpresa para todos. Esse filho é cuidado pelo irmão da futura mãe, cujos filhos têm quase a mesma idade do tio. Ele, inclusive, é muito disputado por todos. Embora não declarado, parecia que a família Caldas também queria ter esse menino morando com eles.

O atendimento dessa família transcorreu ao longo de seis anos, através de retornos trimestrais regulares.

Durante todo o tempo que durou o atendimento, o relacionamento que havia entre o casal praticamente não foi mencionado. A mãe, principalmente, parecia querer evitar esse tema. Era como se ela e o pai fossem assexuados, e tão somente mãe e pai de duas meninas a quem desejavam dedicar extrema atenção e cuidados filiais.

SETOR PR

A mãe exercia função administrativa em uma empresa multinacional. Trabalhava nesse emprego há muitos anos, praticamente desde que se formou.

O pai era vendedor em uma indústria fabricante de máquinas agrícolas. Três anos atrás, havia deixado o emprego para montar uma pequena empresa em sociedade com um cunhado. Foi um período de muita preocupação para a família, pois a mãe receava que o pai estava se arriscando demais. Dizia que ele era inexperiente no ramo, e que confiava demais no cunhado. De vez em quando, a mãe precisava dar auxílio ao pai, pois, segundo ela, sem saber delegar responsabilidades para os empregados, ele acabava se sobrecarregando e não dando conta direito do trabalho.

SETOR OR

Não havia queixas na família em relação a este setor. Todos gozavam de boa saúde física. Mesmo gripes ou resfriados eram pouco comuns entre eles. A mãe, embora jovem, não exibia nenhum sinal de vaidade; e era um pouco obesa. No entanto, ela nunca mencionou este assunto e nem tampouco seus familiares.

SETOR S-C

A família estava bem estruturada. E se conduzia adequadamente dentro das normas sociais e culturais de seu meio, sem apresentar quaisquer indícios de conflitos. Todos os membros familiares demonstravam estar atentos e orientados em relação aos acontecimentos sociais e políticos. Relacionavam-se bem com os vizinhos e, sempre que tinham oportunidade, saíam para passeios e viagens.

Situação-problema

Existia forte preconceito na família com relação às limitações, principalmente as intelectuais. E este fato fez da filha menor o "bode expiatório" da família, a qual, por sua vez, angustiando os pais, se utilizou dessa condição para obter ganhos afetivos deles.

Objetivo da Psicoterapia

Investigar as raízes subjacentes ao preconceito contra as limitações intelectuais da filha menor. E ajudar a filha menor e sua família a atenderem às necessidades afetivas recíprocas sem tanto uso de manipulação.

Participantes

Quando iniciamos, o atendimento estava dirigido para a filha menor e seus pais. A filha maior começou a participar alguns meses depois, embora tivesse manifestado interesse havia algum tempo.

Desenvolvimento da Psicoterapia

A preocupação da família havia começado a partir de uma informação trazida pela cunhada da mãe que ouvira o professor de natação dizer que a filha menor apresentava dificuldades de coordenação motora. Imediatamente os pais levaram-na a um neurologista. Feito o eletroencefalograma, não foi constatada nenhuma anormalidade. Porém, este resultado não foi suficiente para tranqüilizá-los. Permanecia neles a dúvida e a preocupação de que a filha menor pudesse ter algum problema ainda não detectado.

[Chamava a atenção os pais insistirem tanto na existência de algum problema, quando, de fato, o que havia era uma observação – talvez equivocada – do professor de natação.] Esta sensação ficou mais acentuada nos pais, quando a filha menor, ao iniciar a escolinha, se recusava a fazer as tarefas escolares, e só se interessava em brincar. Observando bem, dizia a mãe, talvez ela fosse um tanto quanto desajeitada: subia e descia as escadas do prédio de um modo estranho; e quando brincava não conseguia, por exemplo, bater direito na peteca como faziam suas amiguinhas. Sua gravidez foi desejada e tudo – gestação, parto e desenvolvimento neuro-motor – havia transcorrido normalmente.

Pela queixa apresentada, mais os dados adicionais fornecidos pelos pais e pela observação direta da filha menor, levantei como hipótese inicial a ser verificada, a provável existência de algum comprometimento na esfera intelectual. O primeiro teste, Raven (sessão 5), foi realizado no apartamento, na sala de TV onde costumávamos ficar. Mas a filha menor queria escapar da situação de ser testada. E o conseguia facilmente estando em sua própria casa. Ela abria armários e gavetas, e trazia para me mostrar canetas, lápis e brinquedos. Ou então, saía da sala para ir ao banheiro ou ao seu quarto. Tornava-se difícil para mim contê-la, uma vez que eu não podia segui-la através do apartamento. Decidi então transferir a aplicação dos testes – Raven, WISC e Bender – para meu consultório. Após o encerramento da aplicação dos testes, voltamos a fazer o atendimento no apartamento da família.

Quando os pais receberam a devolutiva dos testes psicológicos ficaram visivelmente aliviados. Estava afastado o temor de ter uma filha deficiente mental. Disse-lhes, porém, que, para sabermos o que se passava com a filha menor para que ela precisasse adotar aquela conduta que tanto os afligia e fazia sofrer a todos, era necessário conversarmos mais vezes, tanto com eles quanto com a filha menor. Os pais concordaram com a minha proposta. Mas sua atitude, que era colaboradora quando se tratava de falar da filha menor, modificava-se e se tornava formal e reservada quando o assunto se dirigia a eles. E, mais ainda, quando era da intimidade deles, como casal, que eu procurava saber.

A família relatava existir muita competição dentro da família original da mãe. Seus irmãos e respectivas esposas procuvam ocultar qualquer sinal de falha ou de imperfeição de seus próprios filhos, fosse um mau aproveitamento escolar ou uma doença física. Mas estavam sempre atentos para descobrir e denunciar os que existissem nos sobrinhos. Os pais haviam me pedido que eu jamais me apresentasse como psicóloga caso viesse a conhecer algum dos parentes. Certa vez, a filha maior esteve sob suspeita de estar com um problema cardíaco. Felizmente não era nada grave, mas a família extensa não ficou sabendo nada a esse respeito.

Neste contexto familiar global, a família Caldas, em virtude do "defeito" em que se constituía a filha menor, sentia-se inferiorizada e extremamente vulnerável ao risco de ser apontada como a "família imperfeita". Para escapar da estigmatização, os pais e a filha maior, aflitos, tentavam a qualquer custo evitar a reprovação escolar da filha menor, prova incontestável da imperfeição familiar; e que, a cada final de ano, parecia iminente. Todos sofriam muito. A angústia era tanta que os pais não conseguiam sequer deixar a filha menor estudar sozinha. Julgando-a incapaz, eles não lhe davam a oportunidade de errar para aprender. Estavam sempre de prontidão, antecipando-se a qualquer erro que ela, tinham certeza, iria cometer. Contratavam aulas particulares, e, em cada período de provas, os pais estudavam a matéria para depois "traduzirem" para a filha menor poder memorizar. Esta nem se esforçava para raciocinar. Ficava passivamente à espera do que os pais tinham para transmitir-lhe, como em um processo de osmose. Nos dias que antecediam as provas toda a família ficava nervosa e tensa; e não se falava de outra coisa que não fossem os estudos da filha menor. Os pais "treinavam" a filha menor para decorar as respostas às questões por eles formuladas como se estivessem numa prova simulada. Por isso, qualquer alteração que fosse feita na formulação das questões, era suficiente para confundi-la. Ou seja, a filha menor não precisava fazer muito esforço intelectual, pois seu papel na família era o de ser "a retardada".

Inicialmente, estava obscuro para mim o motivo do comportamento familiar. Porém, com o decorrer das sessões, pude perceber que todos os quatro membros familiares obtinham ganhos secundários desta precária e penosa situação. A filha menor sentia-se vingada pelo "abandono" em que a mãe a deixava, obrigando-a a contemplar seu sofrimento. E, ao mesmo tempo, recompensada, tendo a atenção da mãe constantemente voltada para si, embora às custas de se transformar no "bode expiatório" da família. A mãe, se identificando com sua progenitora, assumia as acusações de abandono que a filha menor lhe fazia; e, para aplacar sua culpa, atendia a seus pedidos de proteção e de carinho, procurando dar-lhe o que ela mesma não havia obtido de sua progenitora. Desejava manter a filha menor sempre pequena e necessitada dela como mãe; mas precisava ocultar este fato das vistas de seus familiares, pois ele expressava suas necessidades infantis de amor que não foram preenchidas. Como todos os familiares e parentes diziam que a filha menor tinha muito do jeito de ser do pai, e que havia herdado muitas de suas características, o pai tinha muito receio de ver voltadas para si as acusações de ser o "causador involuntário" das deficiências que a filha menor possuía e de ser "reprovado" pela mãe e pela família dela. A filha maior queria ser a filha inteligente e admirada pelos pais. Tanto que, quando tirava notas baixas, tentava "ocultar seus defeitos", estudando, às escondidas, até se recuperar. Para ela, era útil ter uma irmã "burra" que não ameaçava sua posição de bem dotada intelectualmente, e, ainda, mantinha os pais ocupados, impossibilitados de prestar atenção nela.

A mãe, em dada sessão, dizia que estava tentado deixar a filha menor estudar por conta própria, mas que isso a fazia sentir-se culpada. Sentia-se como que abandonando-a, desinteressando-se por ela.

O termo "bode expiatório" e seu significado estavam se tornando habituais nas sessões. À medida que a família pôde ir lidando com o problema que se centrava na filha menor, esta passou a indagar quem seria o próximo "bode expiatório": seria o primo Antonio (nome fictício) ou a prima Maria (nome fictício)? A certa altura ela mesma respondeu: "Quem tem protetor não vira 'bode expiatório'; só quem não tem é que vira". Algumas sessões atrás havíamos conversado sobre como a filha menor era injustiçada por todos os parentes. Ela era sempre o "bode expiatório" de qualquer situação mal arranjada. Se as crianças inventavam alguma brincadeira perigosa ou arriscada, em que uma delas pudesse se machucar, a filha menor era sempre apontada como tendo sido a mentora. E ninguém se preocupava em averiguar se a acusação tinha ou não fundamento. Tampouco seus pais faziam sua defesa, a menos que fosse de maneira indireta, e, ainda assim, muito débil. [Ao compreender que a filha menor se tornara o "bode expiatório" da família global por falta de proteção dos pais, preferi não me manifestar, ponderando que seria por demais constrangedor para eles ouvirem essa interpretação na presença das filhas.] Em continuidade ao assunto do "bode expiatório", perguntei à família para que servia um "bode expiatório". A filha menor respondeu: "ele não é ninguém, é como se ele não existisse". E acrescenta: "o 'bode expitório' fica no centro e os outros, em volta dele, dão 'cacetadas' nele". A filha maior disse que o "bode expiatório" era necessário para que "todos pudessem subir fazendo o bode descer". [Ou seja, elas diziam que o "bode expiatório" era usado para que todos pudessem parecer perfeitos à custa dele.] E de novo a família passa a procurar o futuro sucessor da filha menor como "bode expiatório" da família global.

Em uma sessão próxima ao final do ano, encontro a mãe sozinha à minha espera. O pai estava trabalhando e as filhas tinham ido viajar. A filha menor havia sido reprovada. Todos sofreram muito, mas fora inevitável. A filha menor não tinha nenhuma condição de se recuperar nas notas. Foi muito difícil, mas todos conseguiram suportar a dor e aceitar o fato. Dizendo estar conformada, a mãe começou a chorar.

A sessão de retorno das férias acabou ocorrendo três semanas depois. Toda a família estava presente. Os pais disseram que estavam apenas orientando a filha menor em seus estudos, deixando que ela assumisse suas responsabilidades. Quanto à filha menor, disse que foi bom ter sido reprovada, porque de nada adiantaria ir para a outra série sem ter conhecimento suficiente. E que, se não tivesse sido no ano anterior, certamente seria reprovada no final daquele ano. Ela parecia estar mais bonita e crescida. Seus traços estavam mais firmes e bem delineados, menos infantis. A mãe, aliviada e surpresa, comentava que os parentes nem deram atenção à reprovação da filha menor. Eles todos estavam muito ocupados com seus problemas particulares, que, afinal, não eram nada simples.

Comentários

A família, apesar da resistência às interpretações, teve a capacidade de perseverar, a ponto de ir transpondo, lenta e penosamente, os obstáculos em direção ao *insight*. Foram trabalhosamente esclarecidas e aceitas as explicações do uso que cada qual fazia do outro no jogo do "bode expiatório" a ponto das dificuldades poderem ser discutidas com mais abertura e objetividade. Todos puderam perceber as implicações intra e extrafamiliares do "bode expiatório". A família pôde modificar atitudes fundamentais para o desenvolvimento de todos, e a filha menor, ao ter tido a oportunidade de usufruir da independência, pôde descobrir a dependência que a ligava a um objeto interno superprotetor, e começar a enfrentá-lo e a enfrentar-se. Em suma, o objetivo do trabalho fora atingido, tendo a família encontrado soluções adequadas para a situação-problema inicial.

C – Duplo Vínculo

Um outro elemento que procuramos detectar nas famílias foi o fenômeno do *duplo vínculo* (Bateson, 1956). Esse fenômeno, que, segundo autores, ocorre com elevada freqüência em famílias com severos transtornos psíquicos, envolve duas injunções reciprocamente excludentes e paradoxais, uma comunicada verbalmente, e a outra, em geral, não verbalmente. Incongruentes entre si, não deixam ao receptor nenhuma escolha entre elas; é impossível para ele atender a qualquer uma das mensagens, pois ambas as escolhas resultarão em graves punições e ameaças à sobrevivência. E, ainda, uma terceira injunção lhe é feita, a nível não verbal, que o proíbe de se afastar da situação. Sem ser capaz de perceber o paradoxo existente entre as mensagens, o receptor fica enredado em um clima de confusão e perplexidade que acaba por paralisá-lo e, ao mesmo tempo, o aprisiona. Submetido repetidas vezes a tais situações, e principalmente se as injunções partem de pessoas de quem o receptor se sente emocional e fisicamente dependente, ele ficará, ao longo do tempo, tomado de um estado de pânico que, inevitavelmente, irá provocar o desmoronamento da estrutura de sua personalidade e o aparecimento de transtornos psicóticos. Verificamos que ele estava presente em algumas das famílias de nossa amostra, em particular, nas famílias Divino e Tupi. Na família Divino, a mãe atraía sedutoramente o filho maior para perto de si; porém, quando este se aproximava, ela o repelia com gestos e palavras que não conseguiam ocultar por completo a satisfação que sentia pelos carinhos que o filho maior lhe fazia. E se ele tentava buscar uma solução fora de casa, arranjando um namoro, ainda que simbolicamente incestuoso (mulher com bastante mais idade do que ele), a mãe reclamava, exibindo o "sacrifício" que fazia não se casando com o namorado, somente para permanecer junto dele e fiel ao sonho por eles idealizado de formarem um "casal". Na família Tupi, a filha maior se via aprisionada pela trama urdida por seus pais: a mãe, desejando se vingar do pai, se recusava em ser sua mulher e, em seu lugar, "oferecia" a ele a filha maior, a quem queria eliminar. O pai, por sua vez, sedutoramente amoroso para com a filha maior, chamava-a para preencher o lugar vazio deixado pela mãe. Deixada a sós com o pai, a filha maior ficava imobilizada pelo pânico, ao se ver desejando atender aos apelos eróticos seus e de seu pai, os quais, se fossem concretizados, lhe trariam como castigo torturas físicas e em seguida a morte.

Família Tupi

A família Tupi era formada pelo casal e duas filhas, de quinze e quatorze anos.

O atendimento familiar e em domicílio foi proposto à medida que, na psicoterapia individual da filha maior, foi constatada a necessidade de estender a ajuda terapêutica também à sua família; em particular, a seus pais.

Para iniciar a psicoterapia da filha maior a mãe trouxe a seguinte **queixa**: cinco dias antes, a filha maior, alegando estar com forte dor de cabeça, não quis ir à escola. Levada para ser examinada em um hospital público bastante distante de sua residência (no bairro em que a família reside existem dois hospitais muito bem conceituados: um, público; e outro, particular), não foi constatada nenhuma anormalidade orgânica. Nessa ocasião, a médica que atendeu a filha recomendou que procurassem um psicólogo.

Aspectos Relevantes para a Compreensão da Psicodinâmica Familiar

SETOR A-R
Até a puberdade a filha maior fora uma menina extrovertida e muito dada com todos. Ao redor dos onze anos foi se tornando calada e arredia ao contato com as pessoas, isolando-se mais e mais do convívio com familiares, parentes e amigos. Essa fase coincidiu com a saída do pai de casa por não suportar as brigas que diariamente vinha tendo com a mãe. Foi também nessa época que a mãe se aposentou e começou a trabalhar como autônoma, prestando serviços particulares de enfermagem.

Na ocasião em que foi iniciado o atendimento a filha maior, quando não estava na escola, passava grande parte de seu tempo em casa, estudando. Não tinha amigos, namorado, e nem possuía qualquer atividade extracurricular ou de lazer. Quando saía de casa, era em companhia de seus pais ou com a "turma" da irmã. Suas atitudes de se esquivar aos contatos e de ficar alheia ao que se passava à volta vinham causando estranheza a todos que a conheciam.

O pai, de 47 anos, era pessoa bastante sociável e de fácil contato. Possuía muitos amigos e gostava de cultivar novas amizades.

Admitia ter sido infiel à mãe, mas alegava que fora por culpa dela; ela não era amorosa e nem carinhosa, e ainda se negava a manter relações sexuais com ele. Dizia que ele e a mãe poderiam viver em harmonia se ela fosse menos rancorosa e pudesse perdoá-lo esquecendo as infidelidades que ele havia cometido. Ele ainda acusava a mãe de ser exigente e intolerante com as filhas, e de ter afastado, com seu gênio ruim, os amigos e parentes que gostaria de estar recebendo em casa. Quando saiu de casa, foi morar com sua mãe. Não demorou uma semana e estava de volta. Não resistiu aos apelos das filhas, principalmente da filha maior, que o queriam de volta, junto da família. Recordava que, antes do casamento, a sogra o havia alertado a respeito do gênio difícil e vingativo da mãe, aconselhando-o a pensar mais sobre o passo que estava para dar.

A mãe, de 45 anos, era bastante reservada. Guardava forte mágoa de seus progenitores porque eles sempre demonstraram franca preferência por sua irmã dois anos mais velha; e, principalmente porque, quando contava dez anos de idade, eles adotaram um bebê do sexo masculino, fato que a contrariou muito. Quanto à filha mais nova, esta, como a mãe, era bastante reservada.

SETOR PR

A filha maior estudava como bolsista em um tradicional colégio de freiras. Boa aluna, suas notas eram altas em todas as matérias. Ultimamente, apesar das horas seguidas que passava diante dos livros e sob a permanente vigilância da mãe, as notas vinham apresentando uma queda acentuada e estavam todas em vermelho.

O pai era vendedor autônomo. Em função de sua atividade, viajava quase que diariamente para as cidades do interior do Estado. Quando as cidades eram muito distantes de São Paulo, pernoitava nelas.

A mãe, enfermeira aposentada, passava o dia cuidando da casa e das filhas; e à noite, atendia, em domicílio, a doentes e idosos acamados. Trabalhava seguidamente todas as noites, sem folgar nenhuma, de domingo a domingo.

SETOR OR
A filha maior vinha apresentando demora em conciliar o sono. Exceto essa dificuldade da filha, a família toda gozava de boa saúde física.

SETOR S-C
A conduta social da filha maior assim como a de seus familiares, embora restrita, era adequada e de acordo com as normas de seu meio ambiente.

Situação-problema
Dada a complexidade das relações familiares, havia três situações-problema:
1) a situação-problema principal era o desajustamento conjugal;
2) como conseqüência do desajutamento conjugal, surgiu a segunda situação-problema: a aproximação incestuosa entre pai e filha maior, inconscientemente estimulada pela mãe ao rejeitar o pai e se ausentar de casa;
3) a terceira situação-problema era o mau aproveitamento escolar da filha maior, que tentava externalizar, através de delírios erótico-sádico-persecutórios, a sobrecarga emocional decorrente da relação incestuosa com o pai, que não lhe deixava espaço mental e nem energia para se dedicar aos estudos. Deste modo, a filha maior estava sendo o "bode expiatório" do conflito conjugal e, ao mesmo tempo, sujeita ao "duplo-vínculo"; isto é, deveria ser a mulher do pai e, ao mesmo tempo, evitar o incesto.

Objetivo da Psicoterapia
Propiciar ajuda para melhor entendimento afetivo e sexual entre o casal. E, ainda, desfazer a confusão que a filha maior fazia entre a ameaça incestuosa do pai e a ameaça dos colegas da escola, que nada mais era do que resultado do deslocamento do incesto.

Participantes

Embora o trato fosse para que os quatro membros da família estivessem sempre presentes às sessões, poucas foram as vezes em que isso, de fato, ocorreu.

Desenvolvimento da Psicoterapia

A primeira entrevista foi realizada somente com a mãe, trazendo o problema que a filha maior havia apresentado. Na segunda entrevista a filha maior veio sozinha. Sempre cabisbaixa, falava muito pouco. A meu pedido, fez um desenho que ocupou todo o horário reservado para a entrevista. Desenhou a figura estereotipada da princesinha loira dos contos de fadas. Disse que era o único desenho que sabia fazer. O traçado era tênue e entrecortado, sugerindo extrema fragilidade egóica e limites pouco definidos entre seu mundo interno e externo. A terceira entrevista estava programada para ser realizada em conjunto com seus pais. Porém, essa entrevista não se realizou. O pai havia viajado a serviço e não retornou a tempo. Os três – mãe, pai e filha maior – compareceram na quarta entrevista. E, nesta entrevista, surgiu com clareza a gravidade do estado mental da filha maior. Ela vinha se isolando dos colegas da escola porque estava com muito medo. Como conseguia "ler" os pensamentos deles e "ouvir" o que diziam, ficava a par do que estavam planejando fazer com ela: surrá-la, queimá-la, perfurá-la com estilete, cortá-la com faca, e, depois, estuprá-la. Quando eu indaguei: "E porque eles querem lhe fazer tudo isso?", ela respondeu: "É porque os meus colegas ficam sabendo das coisas feias que eu penso e imagino. Aquelas mesmas vozes que ficam me fazendo ameaças irão falar para eles o que eu penso deles".

Houve, então, inicialmente, a preocupação em centralizar os esforços terapêuticos no sentido de compreender o significado contido nas idéias delirantes que atormentavam a filha maior, e nas vozes que lhe faziam acusações de ser imoral, impura e pecadora, e, em razão disso, prometiam castigos violentos, verdadeiros rituais de tortura e dor que culminariam em sua morte. Conjecturei que o início da puberdade e o despertar da sexualidade, somados ao afastamento da mãe de casa, exacerbaram nela o temor de ser tomada por desejos eróticos proibidos, violentos e incontroláveis, dirigidos à figura do pai. O temor de sucumbir às tentações incestuosas aumentou quando se percebeu possuindo um Ego por demais frágil para dizer não aos impulsos. Queria se afastar das tentações, mas não conseguia fugir de seus desejos. [Perseguida pela mãe interna vingativa, ela a projeta para dentro dos colegas, que queriam fazer com ela o que em realidade a mãe interna tinha vontade de fazer. Dessa forma, a situação de ameaça incestuosa é deslocada para os colegas; e as relações com o pai passam a ser de conteúdo sádico, transformadas pela mãe interna em atos de violência, como facadas, estupro, sangue e dor. Esvaziada com tão sucessivas projeções, ela sentia-se não existindo, não podendo ser ela mesma. Queria existir, mas isto implicaria ter de reconhecer seus desejos. Como não podia reconhecê-los, precisava continuar não existindo. E, assim, aos poucos, ia morrendo para a vida. Este era o conflito básico de sua existência.]

Diante desse quadro, foi proposta terapia para toda a família, principalmente para incluir o casal. Essa medida tornou-se necessária ao se levar em conta a situação familiar observada: a mãe quase que empurrava a filha para o pai, saindo de casa para trabalhar durante a noite inteira, todos os dias, indiferente aos apelos do pai que dizia não querer ser deixado "solteiro" em casa, como ele próprio se autodenominava. Quanto a este, era um pai sedutoramente amoroso. Quando chegava em casa, depois do trabalho, e ia preparar o jantar, chamava a filha maior para ajudá-lo; e após o jantar, queria que ela se deitasse no sofá, a seu lado, enquanto assistia a seus programas favoritos na TV. O contato com a família propiciaria o manejo das pressões emocionais exercidas pelo casal sobre a filha maior; e a oportunidade de lidar com as inevitáveis resistências que iriam surgir nos pais à medida que a filha maior fosse apresentando melhoras, o que fatalmente poderia levá-los a querer interromper o tratamento dela e da família (a filha maior já havia iniciado psicoterapia individual comigo).

Para tratar do atendimento familiar, realizamos um encontro em meu consultório com todos os familiares presentes – os pais e as duas filhas. Propus que a terapia familiar fosse concomitante à terapia individual da filha maior, e feita em domicílio. Todos aceitaram a proposta sem reservas. O único horário em comum que conseguimos definir, depois de muita discussão, foi em um dia da semana, ao anoitecer. Neste encontro, o pai, ansioso em querer tranqüilizar a filha maior, agachou-se diante dela, e colocando as mãos sobre suas coxas, ao mesmo tempo em que as acariciava, disse: "Não se preocupe, querida, o papai está aqui para te ajudar". A filha maior não esboçou nenhuma reação; parecia estar paralisada.

A primeira sessão familiar aconteceu no quarto de dormir das filhas. A casa estava passando por uma reforma, e os pedreiros estavam trabalhando na sala. Chamou minha atenção o fato de não existir nenhuma porta ou parede que separasse o dormitório, único aposento que estava localizado no andar superior, do restante da casa. A mãe, logo no início, colocou diante de mim o que mais a incomodava: o boletim escolar da filha maior repleto de notas vermelhas. Era sua preocupação principal; e estava ansiosa para eliminar, o mais depressa possível, esse incômodo. O pai reclamou que a mãe era por demais exigente e autoritária com as filhas, principalmente com a filha maior. A mãe, para se defender, contra-atacou responsabilizando-o por todos os problemas que vinham ocorrendo na família. E aí, começaram a discutir.

A segunda sessão foi cancelada porque a mãe precisava se preparar para começar a trabalhar na casa de um novo paciente. Alguns dias depois, a mãe ligou para dizer que poderíamos marcar a segunda sessão familiar para a semana seguinte. Mas deixou dúvidas sobre a participação do pai. Ele teria dito à mãe que, se ela não se modificasse, a terapia não poderia ajudar a filha maior. [O pai tinha a intuição de que a principal situação-problema era o desajustamento que havia entre ele e a mãe.]

A terceira sessão foi realizada sem a presença do pai. A mãe quis que ficássemos na sala da casa. Colocou um banquinho aos pés da escada que levava ao quarto das filhas e me ofereceu para sentar. A mãe, junto com as filhas, acomodou-se nos degraus da escada. Nesta posição, as três, a mãe e as duas filhas, formaram um bloco compacto diante de mim. A finalidade parecia ser a de impedir meu avanço ao interior da casa, ou, simbolicamente, meu acesso à intimidade e ao segredo familiar. A mãe dizia que a filha maior queria enganar a todos – professores e familiares – inventando estórias de ameaças que não existiam, somente para poder mudar de escola e estudar em outra menos exigente. A mãe, desta forma, minimizava o problema depreciando a filha maior. E foi mais além; sobre o futuro das filhas, dizia "saber" o que elas iriam ser. A filha menor, mais inteligente, iria estudar Enfermagem (escolha que a filha menor negou no ato, mas que a mãe fingiu não ouvir); e que a filha maior iria seguir carreira de estilista, embora, a seu ver, um curso "desses" (nesse instante a mãe usa um tom de desdém), certamente não era oferecido por nenhuma universidade pública. E com ar de menosprezo, concluiu: "Mas quem sabe, procurando em alguma faculdade particular por aí... É só uma questão de procurar que talvez haja algo". [A mãe negava as dificuldades familiares e continuava a insistir no papel de "bode expiatório" da filha maior, considerando que todo seu problema se resumia no mau aproveitamento escolar.]

Preocupada em constatar que a família estava mais ocupada em comprovar a veracidade ou não das ameaças que a filha maior dizia estar sofrendo, e que o que menos lhe interessava era o seu bem-estar emocional, convoquei para a quarta sessão a família toda. A sessão foi em meu consultório, num sábado pela manhã, horário em que nenhum membro poderia alegar qualquer impedimento. E ali, em meu território, e, por isso, menos sujeita às interferências resistenciais da família, apresentei a seriedade da situação e o sofrimento vivido pela filha maior. Apontei os riscos de um agravamento ainda maior do quadro caso a família não tomasse consciência do que se passava. O pai assumiu uma expressão assustada e de dor, mas a mãe e a filha menor ficaram impassíveis. A mãe disse que entendia que a filha maior estava muito perturbada com as idéias que tinha na cabeça, mas a sua expressão não deixou transparecer nenhuma emoção. Quanto à filha menor, esta permaneceu silenciosa, mas pude perceber um leve sorriso que mal disfarçava a satisfação que estava sentindo em assistir ao dramático desenrolar dos acontecimentos em torno de sua irmã.

Para a sexta sessão, a mãe, que vinha direto do serviço, chegou um pouco antes dos demais familiares. Aproveitando o pequeno atraso deles, a mãe começou a me dizer que estava pensando em levar a filha maior para ser atendida em uma instituição gratuita, porque considerava o valor que eu cobrava por sessão elevado demais para suas possibilidades financeiras. Porém, com a chegada do pai e das filhas, a mãe recolheu rapidamente o papel em que estavam anotados os nomes de algumas dessas instituições, e fez silêncio sobre o assunto. O pai estava alarmado com as ameaças que a filha maior dizia continuar recebendo. E que por causa dessas ameaças, ela não queria mais ir às aulas. [A aflição do pai parecia estar mais relacionada com a recusa da filha maior em ir à escola do que com seu sofrimento psíquico. Embora, para ele, a perda de um ano letivo não se constituisse em nenhuma tragédia, sua atitude parecia indicar preocupação com o incremento do ódio da mãe pela filha maior caso ela viesse a ser reprovada.] Mas a mãe não pensava igual. Indiferente ao sofrimento mental da filha maior, ela queria evitar a todo custo sua reprovação escolar, sugerindo, inclusive, inúmeras maneiras de ela freqüentar a escola e a salvo dos ataques dos colegas. [A filha maior tentara, em vão, durante toda a vida, agradar a mãe; ou, pelo menos, diminuir o ódio que a mãe sentia por ela, sendo, por exemplo, uma boa aluna. A reprovação, nesse caso, significava a morte, fosse por vergonha, fosse pelo massacre que a mãe lhe faria. Para salvar a vida, precisava evitar a reprovação; e, por isso, se sentia tão apavorada ante a possibilidade de não se recuperar nas notas.]

A partir dessa sessão, a filha maior passou a faltar às sessões individuais. Era a mãe quem ligava para avisar. Dizia que a filha ficaria em casa para estudar ou ter aulas particulares, atividades que, naquele momento, eram mais importantes do que vir à terapia.

Numa dessas ocasiões, após receber o aviso da mãe, mas pressentindo que a filha maior viria para a sessão, resolvi aguardá-la. E o meu pressentimento se confirmou. Ela veio para a sessão pontualmente, e não estava sabendo do telefonema que a mãe havia feito. Contou que não quis ter a aula particular de Física, pois achava que de nada lhe adiantaria. E acrescentou: "As vozes me atrapalham. Falam coisas imorais e fazem os outros olharem feio para mim toda vez que eu sento em frente do professor".

A oitava sessão foi realizada com a mãe e a filha maior. O pai e a filha menor tinham ido viajar, e só retornariam no dia seguinte. Já era noite e a casa estava em completo silêncio. Enquanto eu subia para o quarto das filhas, onde a mãe me aguardava, senti certo receio, uma estranha sensação de medo e de mal-estar.

Encontrei a mãe com o boletim da filha maior nas mãos. Estivera fazendo cálculos para saber quanto de nota a filha maior precisaria tirar nas provas finais para poder passar de ano. A filha maior tentava, inutilmente, fazer a mãe compreender que não conseguia se concentrar nos estudos por causa das "vozes" que não lhe davam sossego. A mãe, como que "surda" às explicações da filha, continuava a repetir que algo precisava ser feito, pois, para ela, era inadmissível a idéia de possuir uma filha que sofresse reprovação escolar.

A nona sessão foi cancelada pela família, que, a partir de então, começou a se esquivar da terapia. A filha maior continuava faltando a algumas das sessões individuais, mas não mais avisando com antecedência.

Nesse ínterim, recebi um recado da escola onde a filha maior estudava. A orientadora pedagógica e o coordenador geral do curso queriam conversar comigo porque estavam muito preocupados com a mãe e a filha maior. A mãe, inconformada com a idéia de a filha maior ser reprovada, estava indo diariamente à escola para conseguir sua aprovação. Insinuava, inclusive, que a filha maior poderia vir a se matar caso viesse a ser reprovada. [Isso simbolizava que a mãe preferia a filha maior morta a ser reprovada. Ou seja, que colocava, de fato, toda a essência do conflito familiar no "bode expiatório".]

Procurei marcar uma entrevista com os pais e a coordenadora do colégio. Mas foi em vão. A mãe se recusou terminantemente, e retirou a filha maior da terapia, alegando não possuir condições financeiras para continuar pagando os meus honorários.

Comentários

A principal situação-problema – o conflito conjugal – não teve oportunidade de ser abordada devido às atuações da mãe insistindo na atenção às dificuldades do "bode expiatório" familiar. Não havendo alívio da pressão da situação-problema principal, e não sendo possível a filha maior compreender o uso que faziam dela, a atenção de todos se voltou para os seus delírios e mau aproveitamento escolar, sem haver resultados práticos da psicoterapia. Se a mãe não tivesse alarmado a todos e influenciado a ação da terapeuta, é possível que a terapia familiar tivesse dado algum resultado, e tivesse, conseqüentemente, ajudado no encontro de soluções adequadas para as outras duas situações-problema.

A experiência com esta família – e outras em que fenômenos psicóticos são evidentes – sugere que, embora o dinamismo psicótico (principalmente incestuoso) seja facilmente discernível pelo terapeuta, não o é pelos membros da família. O processo terapêutico seria talvez melhor sucedido se a abordagem inicial fosse bastante suportiva e afável para facilitar o desenvolvimento da transferência positiva. E se o terapeuta fosse também bastante continente das angústias familiares para evitar ser envolvido em seu jogo onipotente. Ao mesmo tempo, bastante atento para a contratransferência, para não atuar precipitadamente tentando resolver logo os problemas que lhe são propostos pela família a cada sessão.

Em caso como o atual, em que a filha maior está a braços com desejos incestuosos com o pai (e vice-versa) seria útil agir com medidas de terapia suportiva como, por exemplo, sugerir afastamento físico e distanciamento entre pai e filha maior (não deitarem no sofá lado a lado, por exemplo), e propor à filha maior outras atividades fora de casa, de acordo com as condições existentes. Tranqüilizar a escola e os pais, além da filha maior, quanto à reprovação, argumentando que uma aprovação sem conhecimento suficiente não é proveitosa e que a filha é ainda bastante jovem; e, ainda, que uma repetição de ano não é um desastre podendo até favorecer o reforço do aprendizado. Concomitantemente, propor medicação psiquiátrica antipsicótica e ansiolítica que auxiliaria a filha maior a ficar menos assediada por sintomas delirantes e alucinatórios, favorecendo sua reaproximação à realidade externa.

O reconhecimento de desejos incestuosos perante a família seria insuportável e só seriam trabalhados psicoterapeuticamente se já tivessem se realizado concretamente. Quando muito, se algum membro da família se sentisse pressionado a abordar o assunto porque está premido conscientemente, seria desejável atendê-lo individualmente, acolhendo-o e tranqüilizando-o suportivamente, e explicando que os desejos incestuosos não são aberrações. Aliás, são muito comuns, principalmente na infância, mas que a maioria dos adultos não os recorda por terem sido reprimidos; isto é, submetidos a processos mentais defensivos que apagam a lembrança dessas fantasias incestuosas.

D – Transmissão de Irracionalidade e Pseudomutualidade

Foi também nessas famílias, Divino e Tupi, principalmente, que verificamos a presença marcante dos elementos denominados *transmissão da irracionalidade* (Lidz *et al.*, 1971b) e *pseudomutualidade* (Wynne *et al.*, 1971a). A presença desses elementos impedia que os filhos dessas famílias alcançassem a autonomia e a emancipação de suas potencialidades individuais. Aprisionados aos papéis que lhes couberam em suas respectivas famílias, não conseguiam se desencumbir deles satisfatoriamente, e nem tampouco se desvencilhar deles, sem criar graves conflitos internos ou com o meio ambiente. Na família Tupi, por exemplo, a filha maior, identificada com a irmã da mãe, tornara-se alvo do ódio e dos desejos destrutivos que a mãe nutria por sua irmã. Gostaria, mas não conseguia deixar de ser o "bode expiatório" da família. Sua mãe, a quem nada mais importava senão seus objetivos de vingança contra a irmã e o pai, mostrava-se insensível a seu sofrimento mental; e indiferente aos seus pedidos de clemência, não a autorizava ser ela mesma.

Saliento um fato observado com freqüência nas famílias atendidas e que por isso pode ser uma característica peculiar às famílias brasileiras. Desde quando iniciamos este trabalho, deparamos com uma questão que nunca pudemos esclarecer devidamente, mas que supomos deva ser resultante da tradição paternalista que vigora em nossa cultura: as famílias quase sempre davam como renda familiar (para o cálculo do valor de cada sessão) uma quantia que não condizia com o padrão de vida que mantinham e ostentavam. Ou seja, a renda familiar revelada parecia estar sempre aquém da renda real. Isto poderia estar ligado a um mito comum na cultura brasileira: a de que o Estado paternalista deve prover gratuitamente todas as necessidades de assistência terapêutica e material.

Segundo Tema: Efeitos do Atendimento em Domicílio

Na residência, a segurança e a autonomia que a família sente por estar em sua própria casa deve favorecer a emergência de uma comunicação diferente, mais diversificada do que aquela que adotaria se o atendimento fosse no consultório do terapeuta. Conhecer essa linguagem e seus meios de comunicação tornaria o terapeuta mais apto e mais hábil no manejo da resistência e dos fenômenos transferenciais, bem como no aprofundamento do conhecimento sobre a dinâmica familiar.

No atendimento familiar em domicílio, de fato, as famílias, favorecidas pela condição de estarem em sua própria casa e sentindo-se por isso mais amparadas perante o novo e o desconhecido representado pelo trabalho terapêutico, manifestavam um comportamento diferenciado, talvez mais livre e expressivo do que se estivessem no consultório. Percebia-se que não tinham a preocupação de "se prepararem para me receber", atitude essa que se manteve uniforme e constante durante todo o processo terapêutico realizado.

Ao contrário do que ocorre em consultório – cujo local de atendimento é determinado pelo terapeuta – na casa todo o ambiente domiciliar é, potencialmente, local para a realização do atendimento. Por exemplo, na família Santana, no dia em que houve uma visita que ela não podia dispensar – os padrinhos de batismo do filho –, a sessão com a mãe, usualmente realizada na sala, foi transferida para o dormitório da filha maior. Aproveitando da privacidade que o local lhe propiciava a mãe confessou a atração que sentira, tempo atrás, pelo médico que tratara de seu problema renal. Assim também agiu a mãe da família Luz: quis que uma dada sessão fosse em seu dormitório; lá, sem os riscos de ser ouvida, pôde contar segredos que envolviam traição ao marido. Na família França, também em seu dormitório, a mãe revelou seus profundos sentimentos de frustração e de solidão, desfazendo o véu de felicidade que os encobria.

Como Berenstein (1988) menciona, a organização estrutural e espacial da casa exprime a dinâmica inconsciente da família: na família Tupi, a ausência da porta, que deveria separar o dormitório das filhas do resto da casa representava a falta de limites que impediam a privacidade da filha maior e que a tornavam tão vulnerável e tão exposta às invasões dos familiares em sua intimidade.

Afora o espaço domiciliar, todos os elementos pertencentes a casa, fossem eles humanos ou materiais, eram utilizados pelas famílias como recursos para se expressar transferencialmente, positiva ou negativamente; ou para lidar com suas angústias e ansiedades. Deste modo, sua comunicação adquiria maior concretude; ou seja, além do aspecto verbal, os sentimentos e pensamentos eram expressos através de ações (*acting-out*). Esta forma de linguagem mais primitiva, a que a família recorria, fazia surgir em mim, com freqüência, reações contratransferenciais, positivas e negativas. Algumas famílias, para expressarem a estima e a gratidão pela ajuda recebida, ofereciam cafezinho ou suco acompanhados por pedaços de bolo ou de torta que, em minha inexperiência, não sabia se seria adequado ou não aceitar (família Macedo); se estavam em transferência negativa, o mesmo cafezinho era "acidentalmente" derramado, estragando o bolo que o acompanhava (família Germano); ou então, as famílias "faltavam" às sessões sem me avisar com antecedência, fazendo-me ir à casa e encontrá-la vazia, e sem ninguém a me esperar, despertando em mim sensações de ter desperdiçado meu tempo (famílias Divino e Germano). Quando a ambivalência se instalava, as famílias costumavam colocar entre nós obstáculos e interferências (crianças, barulho, etc.) que me atordoavam e dificultavam enormemente o meu entendimento (famílias Luz e Serra); ou, então, não se encontravam em casa no horário combinado para as sessões, mas deixavam "pistas" sobre onde poderiam ser encontradas: na família França, sessão 3, a mãe "pôde ser encontrada" no apartamento vizinho, dois andares acima; e na família Pinheiro, a mãe, naquela que seria a última sessão do primeiro período terapêutico, estava "desaparecida" dentro do condomínio, e só depois de algum tempo é que pude localizá-la na lavanderia do prédio em que morava.

Dotada de maior autonomia por encontrar-se em seu domicílio, a família, ao sentir-se muito angustiada durante as sessões, "abandonava-as" subitamente, saindo do local onde elas estavam sendo realizadas. Na família Caldas, como vimos, a filha menor tornou inviável a aplicação dos testes psicológicos durante o período diagnóstico. Ela saía constantemente da sala onde estávamos e não retornava mais. Na família Dourado, a avó materna, desculpando-se porque estava com a panela no fogo – o horário da sessão era às 11:00 h –, escapulia da sessão quando a mãe iniciava seus ataques contra ela.

Tendo na casa o cenário original e contando com a participação de personagens reais (os membros familiares), a família me propiciava a oportunidade de presenciar, através da dramatização, recortes da interação familiar que retratavam e salientavam os aspectos psicodinâmicos que formavam as bases das situações-problema. Na família Dourado, a rivalidade entre a mãe e sua progenitora era freqüentemente expressa pelas discussões que ocorriam entre elas, sempre em tom dramático e com choros, e até com gritos; na família Divino, os gestos e os carinhos trocados entre mãe e filho maior revelavam a intensidade do "namoro" existente entre eles, até que a entrada do pai-filho menor pôs um fim ao "romance proibido" (sessão 12); e na família Germano, a mãe, no encerramento da sessão 6, enciumada, dirige-se a seu irmão caçula que acabara de chegar ao apartamento acompanhado da esposa e pergunta-lhe quem fora a melhor mãe para ele: ela mesma ou a progenitora de ambos; o que, naquela situação, significava: ou eu, ou a mulher que está ao seu lado? Algumas vezes eu era incluída na dinâmica familiar para viver um personagem que a família me atribuía. Por exemplo, na família Divino, sessão 7, mãe e filho maior, carinhosamente abraçados um ao outro, ao mesmo tempo que me desafiavam se eu seria capaz de separá-los, queriam, por identificação projetiva, fazer com que eu me sentisse enciumada e excluída, como eles próprios estavam se sentindo, cada qual em relação ao namoro do outro; na família França, sessão 3, enquanto a mãe conversava comigo, estando nós duas sentadas na cama do casal, o filho, depois de tentar inutilmente obter a atenção da mãe, abraça-a como se estivesse tomando posse dela; e, ao mesmo tempo, diz para mim que já está na hora de eu me retirar – exatamente como fazia sua mãe quando o pai chegava de viagem e ele era "expulso" do quarto dos pais.

Terceiro Tema: Organização Familiar na Ausência ou Insuficiência de um Membro Responsável

Sabe-se que a família preenche certas funções básicas, como abrigo, segurança física e afetiva, alimentação, lazer, transmissão de valores morais e de cultura etc. Como as famílias se organizam quando o membro responsável por uma dessas funções está ausente ou é incapaz de preenchê-la? A resposta a esta questão forneceria pistas para explicar os fatores que levam à coesão e à desintegração familiar tão comuns nas classes baixas ou muito ricas.

As famílias fornecem, além do atendimento às necessidades básicas, suprimento para a formação de laços afetivos, estabelecimento de identidade individual e definição de papéis sexuais e sociais. Cabe aos pais, ou seus substitutos, o papel de principais cumpridores dessas funções. Sendo assim, sua ausência ou sua presença, e, neste caso, a qualidade de sua presença, serão fatores preponderantes e decisivos nos rumos que as famílias e seus descendentes irão tomar, seja para a saúde, seja para a doença.

Em nossa experiência, não houve famílias vivendo em condições de extrema precariedade material. Elas tinham as suas necessidades básicas de subsistência satisfeitas; moravam em casas ou apartamentos com boas acomodações, embora algumas mais confortáveis do que as outras, e localizadas em áreas urbanas – bairros de classe média ou média alta. No entanto, seis delas – famílias Antunes, Divino, Dourado, Garibaldi, Germano e Neves – apresentaram-se como paupérrimas, me pedindo que fosse cobrado delas o preço mínimo por sessão. Na família Antunes, a mãe receava que a quantia que fosse despender com a terapia viesse a fazer falta no orçamento doméstico. As famílias Divino e Dourado, embora possuíssem carro e casa própria, consideravam-se pobres e diziam que aqueles eram os únicos bens que lhes restavam. A família Garibaldi estava passando por certas dificuldades financeiras, mas porque estava adquirindo a casa onde até então estivera morando de aluguel. As duas últimas famílias, Germano e Neves, diziam estar sobrevivendo dos parcos recursos econômicos que possuíam.

Examinando essas famílias, verificou-se que havia um elemento em comum entre elas: faltava a todas elas a presença protetora de um pai. Nas quatro primeiras – famílias Antunes, Divino, Dourado e Garibaldi –, o pai não morava no domicílio, nem lhes dava auxílio financeiro; ou, se dava, diziam elas, era "irrisório". Nas duas últimas, o pai estava presente; mas, na família Germano, a mãe o considerava insuficiente e o desvalorizava; e, na família Neves, ele se encontrava doente e quase inválido, necessitando dos cuidados da mãe em vez de dá-los, como fazia anteriormente. Era visível que as famílias não eram tão pobres financeiramente como afirmavam, embora, comparando o padrão de vida que possuíam, com o padrão que haviam possuído, sem dúvida haviam sofrido um certo empobrecimento. Por exemplo, elas estavam precisando trabalhar mais horas, o que lhes deixava com pouco tempo para os momentos de lazer e de descanso; seus filhos, que estudavam em escolas públicas ou com bolsas de estudo, não tinham os mesmos brinquedos e jogos que seus amigos e primos, e nem podiam acompanhá-los nos passeios e viagens que faziam. Porém, o montante do empobrecimento não fora como elas anunciavam. Com exceção da família Dourado, mesmo as famílias sem pai – Antunes, Divino e Garibaldi –, haviam conseguido resolver grande parte de seu problema econômico. Nelas, as mães haviam assumido, quase que totalmente, a função de provedora da família, desenvolvendo atividades produtivas e remuneradas, ao mesmo tempo em que continuavam a cuidar da casa e dos filhos. Duas dessas mães – das famílias Divino e Garibaldi – conseguiram garantir seu próprio sustento sem precisar recorrer, como as demais, ao auxílio de parentes e amigos.

Mas, nessas famílias, apesar do relativo sucesso econômico, havia conflitos que trouxeram acentuado declínio na eficácia adaptativa de seus membros. Na família Garibaldi a mãe queria "dissolver" a família que ficara reduzida (com a saída do pai) somente a ela e ao filho adotivo. Este, de seis anos, fora adotado por insistência da mãe, que, sendo estéril, acreditava poder evitar o fracasso do segundo casamento, construindo uma "família padrão". Mas, sem o pai, dizia a mãe, o filho tornara-se desnecessário. Ela queria se desfazer dele, mas não sabia como, ou a quem devolvê-lo. A rejeição da mãe não escapava ao olhar atento do filho, que vinha apresentando comportamentos inadequados na escola e não conseguia ser alfabetizado. Já na família Divino, os transtornos familiares se manifestaram quando a mãe, com a saída do pai de casa, quis constituir uma nova família, tendo o filho maior como seu marido e companheiro. A família Antunes recebia ajuda do pai (que não morava junto). A mãe havia tentado casar com ele engravidando do filho que contava agora sete anos de idade. Não tendo conseguido, fazia-se de mais pobre e desvalida do que realmente era. Acreditava que assim manteria o pai sempre por perto, e a esperança de casar-se com ele algum dia poderia ser mantida. Submetida, contudo, a seguidas frustrações, a mãe havia desenvolvido intensa raiva contra o pai, a qual, ao ser deslocada para o filho, o tornava vítima de suas constantes agressões verbais e físicas. De certa forma, com essas agressões, a mãe estava também expressando a raiva contra o filho que não fora capaz de trazer-lhe o tão almejado casamento. A exceção, nesse conjunto de famílias, foi a família Dourado, que não resistiu à falta do pai. A mãe não foi capaz de ganhar o sustento para a família. Diante deste fracasso, a família precisou deixar sua casa (que foi alugada) e ir morar com a avó materna, de quem passou a depender tanto financeira como emocionalmente. Ao tornar-se uma família "parasítica" da avó materna teve inicio uma sucessão de desentendimentos e desavenças, que foram trazendo para o seio da família, e de forma irremediável, a desarmonia e a infelicidade entre seus membros. A mãe sentia ciúmes quando a progenitora cuidava com carinho de seus filhos; e inveja, quando percebia a competência com que ela organizava e comandava, com autoridade, o andamento da casa.

Embora tendo o pai junto, as famílias Neves e Germano não se sentiam seguras e nem tampouco tranqüilas. A família Neves, constituída apenas pelo casal, sentia-se órfã. O pai, diabético em fase avançada, poderia morrer a qualquer instante. Mesmo estando vivo, ele pouco podia colaborar com a mãe. Esta, vendo-se sozinha e sobrecarregada pela atenção que o pai lhe pedia, foi procurar apoio em seus filhos. Mas os filhos não se mostraram dispostos a se transformar nos cuidadores e provedores dos próprios pais. Na família Germano a mãe dava a entender que não possuía rendimentos e nem poupança. Porém, os gastos que ela fazia indicavam que sua situação financeira era outra, bem diferente do que demonstrava. Havia nela uma intensa insatisfação em relação ao companheiro, a quem repudiava por não ser o que ela queria que fosse: um "príncipe encantado". Havia ainda uma outra família a ser incluída neste grupo, embora a separação do casal ainda estivesse em curso. E, talvez por isso, encontrava-se em momento propício para o aparecimento de crise. Tratava-se da família Viana. Porém, não foi o que se observou. Não havia sinais que indicassem a presença de transtornos familiares desencadeados pela separação; e nem que eles viessem a ocorrer no futuro, o que, de fato, se comprovou nos meses que se seguiram. O que a estaria diferenciando das demais? Um fato que se destacava, e que não existia nas anteriores, é que nesta família seus membros, em particular as filhas, encontravam-se econômica e afetivamente assegurados. Não pairava sobre eles a ameaça de destruição física. Além disso, o relacionamento de pais e filhas permanecia o mesmo. Não houve estremecimentos em suas relações porque as filhas tinham um claro discernimento sobre o que ocorria entre o casal. Independentes e seguras do afeto de seus pais, conseguiam se manter imparciais e à parte das discussões conjugais, apesar das insistentes e até agressivas tentativas da mãe em obter o apoio delas para si e contra o pai. A mãe, por sua vez, era uma mulher firme e decidida, com bastante autonomia para suprir, como tantas vezes já fizera, a ausência do pai. Este, embora recebesse da mãe críticas raivosas que punham em dúvida seus sentimentos paternais para com as filhas, não parecia estar tão alheio e tão desinteressado por elas e nem pela própria mãe, como esta dava a entender.

A pobreza, portanto, a que as famílias Antunes, Divino, Dourado, Germano e Neves referiam, parecia estar localizada mais em nível afetivo e não tanto em nível material. Os sentimentos de insegurança e o medo do aniquilamento, produzidos pela ausência da proteção paterna eram conscientemente percebidos como ameaças concretas à sua sobrevivência e integridade física. Estas configurações se mantinham porque as mães eram mulheres imaturas emocionalmente, com necessidade de serem cuidadas. Não incluímos nesta discussão a família Amaro (que também não tinha pai) porque não possuíamos dados suficientes para realizar qualquer tipo de análise. Pela mesma razão, deixamos de incluir a família Reis.

As onze famílias restantes tinham o pai morando no domicílio. Com sua presença e renda, ele lhes dava os suprimentos básicos para a saúde, educação e lazer. Mas cinco mães (famílias Santana, Moreno, Hispana, Santos e França) queixavam-se de estar "ausente o pai, o namorado e companheiro" que elas gostariam de possuir. Como provedores, elas nada tinham a reclamar deles; eram bons trabalhadores, honestos e dedicados (alguns até demais) às suas profissões. Os mais jovens eram, ainda, ambiciosos e ferozmente empenhados em progredir dentro de suas carreiras. Nas famílias Santana e Moreno, as mães diziam que os pais estavam passivos diante da vida, sem entusiasmo para conhecer pessoas e coisas novas. Excessivamente caseiros, seus interesses giravam em torno do trabalho e dos cuidados materiais para com a família. Eles se comportavam como pai de todos – dos filhos e da própria mãe. Na família Santana, o pai, mesmo demonstrando interesse sexual pela mãe, procurando-a regularmente e proporcionando-lhe satisfação, não despertava seu entusiasmo feminino. Mas o mesmo não ocorria com o pai da família Moreno. Este se esquivava dos carinhos que a mãe queria lhe fazer; as relações sexuais eram esporádicas, fazendo a mãe sentir-se pouco atraente e pouco desejável. Nas famílias Hispana, França e Santos os pais deixavam as mães muito tempo sozinhas. Elas desconfiavam, e não sem fundamento, que os pais tinham envolvimentos íntimos com outras mulheres, provavelmente suas colegas de trabalho, apesar de eles manterem com elas relações sexuais regulares, embora espaçadas (famílias Hispana e Santos); ou mesmo sendo bastante freqüentes, sempre insatisfatórias para a mãe (família França).

As mães destas cinco famílias, descontentes com a situação matrimonial, haviam tentado obter, por meio de conversas amigáveis, e até com brigas, discussões e ameaças, alguma modificação no comportamento dos pais. Mas tudo fora em vão. Se alguma modificação ocorria, esta era superficial e pouco duradoura. Duas delas (famílias

Santana e Hispana) haviam manifestado intenções de se separar, mas, receosas de enfrentar as dificuldades que sobreviriam à separação, desistiram ou adiaram para o futuro o momento de sua consecução. Na família Moreno a mãe havia, tempos atrás, planejado minuciosamente a separação. E, quando estava no momento de se concretizar, precisou desistir de todos os planos por causa da "inesperada" gravidez do terceiro filho. Nas famílias França e Santos, contudo, as mães não pretendiam nem cogitavam da possibilidade de uma separação; esta era, para elas, uma idéia "impensável". Sentindo-se descontentes e infelizes, mas ao mesmo tempo impotentes para dar um outro rumo a suas vidas, as mães das famílias Santana, Moreno, França e Santos foram buscar a atenção e o carinho que lhes faltava em outros homens, enquanto que na família Hispana, a mãe parecia ter encontrado consolo e amizade em seus colegas de trabalho. Nas famílias Moreno e França, além dos relacionamentos extraconjugais, as mães desenvolveram um apego excessivo a seus filhos varões, predispondo-os a conflitos incestuosos que poderiam vir a se constituir em graves empecilhos à sua emancipação individual e sexual, como estava ocorrendo com o filho maior da família Divino. Esse apego excessivo da mãe teria provocado, inclusive, na família Moreno, a saída prematura do filho adolescente de casa, a fim de que ele pudesse escapar (unindo-se a uma namorada bem mais velha do que ele) do perigo da intensificação da ligação incestuosa entre ele e a mãe.

Concluindo, o atendimento na residência familiar abre mais rapidamente caminho para a intimidade. E a verificação *in loco* das condições materiais atesta que o sentimento de pobreza econômica manifestado pelas famílias é irreal e reflete, no fundo, a carência afetiva pela ausência física do cônjuge; ou, quando este habita o domicílio, o distanciamento emocional existente entre o casal. Donde ser lícito conjecturar que a alegação de pobreza para conseguir abatimento no preço do atendimento seria uma tentativa simbólica de obter mais afeto da psicoterapeuta.

Capítulo 6
Considerações Técnicas*

Tema 1 – Diagnóstico da Situação-Problema

Quanto à duração do diagnóstico, estabelecemos no máximo três entrevistas. Este número de entrevistas permite ao terapeuta colher dados suficientes para efetuar o diagnóstico correto da situação-problema e estabelecer um plano terapêutico adequado?

Considerando-se o caráter da brevidade da Psicoterapia Preventiva da Família, houve interesse em que a definição da situação-problema pudesse ser efetuada sem que fossem necessárias muitas entrevistas psicológicas. Esperávamos que ela envolvesse, no máximo, três entrevistas.

Para efeito deste estudo, a determinação da quantidade de entrevistas foi baseada na suficiência dos dados colhidos para delimitação da situação-problema. E a comprovação de sua correção foi feita através das sessões subseqüentes.

---

* Serão considerados neste capítulo os apectos técnicos que requerem verificação e conduzam a eventuais modificações.

Observando-se o Quadro 2, verifica-se que na maior parte dos atendimentos realizados, mais exatamente em quinze delas (famílias Caldas, Luz, Santana, Moreno, Garibaldi, Hispana, Dourado, Divino, Viana, Serra, França, Antunes, Neves, Santos e Pinheiro), a situação-problema pôde ser definida com os dados obtidos até, inclusive, a terceira entrevista. Em três atendimentos (famílias Macedo, Tupi e Germano), foram precisos quatro entrevistas diagnósticas. Nas famílias Amaro e Reis, a definição da situação-problema tornou-se inviável por insuficiência de dados.

As situações-problema que foram passíveis de definição já nas três primeiras entrevistas confirmaram-se posteriormente, no decorrer do trabalho terapêutico, como sendo verdadeiramente situações de conflito atual para a família, provocadas ou desencadeadas por um acontecimento recente ou do passado não remoto, cujos efeitos estavam ocasionando a diminuição ou a perda de sua eficácia adaptativa. Essa constatação tornou-se, portanto, um indicador confiável para se afirmar conclusivamente que a situação-problema pode ser determinada durante as três primeiras entrevistas. Porém, para maior segurança dessa afirmação, procurou-se saber quais fatores do entrevistado estariam associados ao retardo na elaboração da situação-problema, ou seja, para além das três entrevistas iniciais. Analisando as três famílias – Macedo, Tupi e Germano –, nas quais a situação-problema só pôde ser definida com a quarta entrevista, temos o seguinte: a família Macedo foi aquela cuja mãe, muito angustiada, queria expor em pormenores os acontecimentos ocorridos entre ela e a filha, deixando pouco espaço para eu poder explorar os aspectos mais profundos da dinâmica familiar; na família Tupi, a inclusão da família ao tratamento que estava sendo iniciado com a filha maior só foi cogitada após a constatação das terríveis conseqüências que o desajustamento conjugal dos pais estava ocasionando na filha mais velha; e na família Germano, a mãe, estando ambivalente com relação ao trabalho terapêutico, ora facilitava, ora dificultava minha aproximação diagnóstica. Desta análise observamos que a ampliação do período de definição da situação-problema nestas três famílias foi ocasionada por fatores inerentes a qualquer processo diagnóstico, apenas com maior intensidade (angústia excessiva, resistência, grau de motivação, entre outros), e que, por isso, em nada invalidam a constatação já feita de que a situação-problema pode ser conhecida no prazo das três entrevistas iniciais, na maioria dos atendimentos.

Tema 2 – Duração da Terapia

Quanto à duração da terapia, estipulamos que fosse no máximo de doze sessões (três a quatro meses, com freqüência de uma sessão por semana). Será este tempo suficiente para garantir a eficácia terapêutica na maioria dos casos?

Tendo ainda em vista o caráter da brevidade da Psicoterapia Preventiva da Família, fixamos *a priori* que a fase terapêutica deveria conter, no máximo, doze sessões. E tomando esse número de sessões por referência, verificou-se no Quadro 3 que: em seis famílias (Garibaldi, Hispana, Macedo, Antunes, Tupi e Santos), o número de sessões terapêuticas foi inferior ao limite máximo; em duas famílias (França e Pinheiro) foi igual ao número limite de doze sessões; e nas dez famílias restantes (Caldas, Luz, Santana, Moreno, Dourado, Divino, Viana, Serra, Neves e Germano), as sessões terapêuticas foram em número superior às doze sessões previstas. As famílias Amaro e Reis não foram aqui incluídas porque o atendimento destas só constou da entrevista inicial.

Examinando inicialmente as seis famílias nas quais o número de sessões terapêuticas foi menor do que doze – famílias Hispana, Antunes, Tupi, Santos, Garibaldi e Macedo –, observou-se que, em quatro delas, a terapia foi cancelada antes de ser concluída: duas em virtude da acentuada resistência (famílias Hispana e Antunes), e duas pela nítida transferência negativa que se estabeleceu em relação a mim como terapeuta (famílias Tupi e Santos). As famílias Garibaldi e

Macedo, em vez de cancelarem a terapia, aceitaram a proposta de interrupção para posterior prosseguimento. E na sessão de retorno, a família Macedo retomou a terapia com mais segurança; a família Garibaldi, já prestes a resolver seu problema, não quis retomá-la.

Quanto aos resultados terapêuticos alcançados por estas seis famílias até a data do cancelamento ou da interrupção do atendimento, verificou-se que naquelas em que houve o cancelamento, o encontro das soluções ficou prejudicado, e, em função disso, a situação-problema familiar manteve-se inalterada. Durante a sessão de retorno da família Garibaldi (que havia interrompido a terapia) a mãe disse que havia solucionado adequadamente sua ambivalência: estava pretendendo ficar com o filho. Com esta solução, a família estava se encaminhando para uma adaptação que se tornaria mais eficaz. Quanto à família Macedo, na etapa inicial do atendimento, quando houve a primeira interrupção, ela vinha demonstrando muita resistência em realizar quaisquer mudanças. Sendo assim, poucas soluções adequadas haviam sido conseguidas até então. Soluções mais adequadas surgiram nela em etapas posteriores, à medida que a mãe pôde ir vencendo seu temor de abordar sentimentos mais profundos que envolviam competição e rivalidade com a filha.

Os dados retirados deste subgrupo indicam que um número muito reduzido de sessões terapêuticas (menor do que doze) é insuficiente para garantir a eficiência terapêutica da Psicoterapia Preventiva da Família.

Quanto às duas famílias nas quais o número de sessões terapêuticas realizadas foi igual a doze (famílias França e Pinheiro) encontramos analogias. Na família França, o abandono da terapia ocorrido na sessão 9, com base em racionalização (suposta mudança da família para o exterior), impediu que fosse encontrado algum tipo de solução para o problema familiar, mais especificamente para o problema conjugal. O pai se afastou da mãe quando nasceu o filho. Ele não conseguia ser o pai do filho; ele via no filho o irmãozinho que, ao nascer, lhe roubara o afeto de sua progenitora. A mãe, sentindo-se sozinha, procurava preencher o vazio afetivo atraindo o filho para junto de si, como o substituto do marido, provocando nele emoções confusas e conturbadas. Para a família Pinheiro, a terapia de doze sessões proporcionou resultados terapêuticos favoráveis que se consolidaram nas sessões de prosseguimento da psicoterapia, ocorridas através dos retornos trimestrais. Esses dados, obtidos desta subamostra, embora reduzida, e por isso, pouco representativa da população global, não nos permite fazer nenhuma afirmação conclusiva a respeito da eficiência da terapia quando ela tem como limite máximo doze sessões.

Examinando agora as dez famílias em que foram aplicadas mais de doze sessões terapêuticas, temos que, em seis delas – famílias Caldas, Luz, Santana, Moreno, Divino e Viana – os resultados terapêuticos foram adequados. E, em quatro famílias – Dourado, Serra, Neves e Germano –, os resultados foram insatisfatórios, ou seja, pouco ou pouquíssimo adequados, com poucas modificações favoráveis. Reunindo as famílias cujos resultados terapêuticos foram adequados, e calculando a média aritmética simples ( ) do número de sessões realizadas no primeiro período terapêutico do atendimento, encontrou-se para $_1$, um valor igual a 29,6 (178 sessões divididas por seis famílias). Realizando o mesmo cálculo, excluindo, porém, os casos extremos (famílias Santana e Viana, respectivamente 42 e 57 sessões), obteve-se para $_1$ valor igual a 19,7 (79 sessões divididas por quatro famílias). Calculando agora a média aritmética simples do número de sessões realizadas com as famílias que não obtiveram resultados terapêuticos satisfatórios, encontrou-se para $_2$ valor igual a 31,25 (125 sessões divididas por quatro famílias). Excluindo o caso extremo desse subgrupo de famílias (família Dourado, 69 sessões), obteve-se para $_2$ valor igual a 18,6 (56 sessões divididas por três famílias).

Baseado na igualdade das médias dos atendimentos com resultados satisfatórios ($_1$) e dos atendimentos com resultados insatisfatórios ($_2$), pareceria à primeira vista que o número de sessões não influi no êxito ou não do resultado terapêutico. Todavia, acrescentando informações obtidas nos seguimentos feitos por meio de retornos, verificou-se que as famílias que tiveram bons resultados no primeiro período de atendimento receberam acréscimo de benefícios em períodos posteriores. De tal modo que, nestes casos, poder-se-ia prever que a maior período de trabalho terapêutico corresponderiam melhores resultados. Por outro lado, nas famílias com escasso aproveitamento terapêutico no primeiro período do atendimento, constatou-se, principalmente pela pouca motivação demonstrada, que o prolongamento da terapia, mesmo nessa etapa inicial, não produziria alterações positivas e nem ofereceria perspectivas de melhores resultados nos retornos que se seguiriam a ela. É provável que a motivação, que favorece a transferência positiva, propicia melhores resultados com o prolongamento do número de sessões. E quando há pouca motivação – geralmente indutora de transferência negativa insuperável –, torna inaproveitável o trabalho terapêutico, qualquer que seja o número de sessões.

Em suma, observou-se que em uma terapia com duração inferior a doze sessões houve bem pouco aproveitamento. A média de duração das sessões com bom aproveitamento foi de 19,7 sessões. Concluímos, então, que é possível esperar, de modo geral, que a duração da Psicoterapia Preventiva da Família, nos moldes em que foi realizada, daria base para discriminar, após um número médio de 15 ± 4 sessões, se a família está ou não tendo um bom aproveitamento, e prever se valeria ou não a pena fazer um seguimento subseqüente.

Tema 3 – Duração da Sessão

Quanto ao tempo de duração da sessão, serão suficientes os sessenta minutos programados? Haverá casos em que serão necessários prolongar ou abreviar o tempo?

Quando a Psicoterapia Preventiva da Família foi planejada, a duração da entrevista e da sessão terapêutica teve como referência os cinqüenta minutos tradicionalmente utilizados para a sessão individual em consultório. No transcorrer dos atendimentos, porém, esse tempo foi-se ampliando até chegar aos sessenta minutos. Mesmo que eu desse por encerrada a sessão aos cinqüenta minutos, a família conseguia reter-me por mais alguns minutos, demorando-se para abrir a porta de saída ou indo buscar apressadamente o cafezinho que não me fora ainda servido. Enquanto isso, concluía o assunto que estava sendo tratado, ou aproveitava para contar fatos e acontecimentos corriqueiros ocorridos na família.

A partir dessas situações, ponderou-se que um tempo de entrevista ou de sessão terapêutica inferior a sessenta minutos seria insuficiente para encaminhar os temas familiares, em geral mais extensos e mais abrangentes do que na terapia individual, principalmente quando existem muitos membros familiares participando. Na terapia individual, a menção que o paciente faz sobre seus familiares, ou sobre as situações acontecidas em família, serve para ele fazer uma comunicação a respeito da cotransferência (Simon, 2001), que se refere à transferência colateral existente entre parentes e pessoas mais próximas com quem ele mantém uma relação emocional baseada em projeções de relações da infância; ou da transferência dirigida ao terapeuta, expressa pelas "situações totais" (Klein, 1952a). No entanto, na terapia familiar, os membros e as situações familiares que são mencionados nas sessões fazem parte do trabalho terapêutico, na medida em que todos são também pacientes e não apenas metáforas de comunicação. E o membro familiar que faz uma comunicação não espera que o terapeuta faça uma interpretação cotransferencial ou transferencial, mas sim que ele dê explicações sobre o comportamento ou tome uma ação sobre o referido membro, visto que todos são pacientes daquele atendimento. Além do que, a duração do tempo da sessão ou entrevista muito reduzidas tornaria pouco compensador o trabalho do terapeuta de se deslocar até a residência da família.

Em algumas ocasiões, entretanto, minha permanência na casa ultrapassou os sessenta minutos, chegando a estender-se até os noventa minutos. Foram situações nas quais as famílias encontravam-se de tal modo angustiadas, ou os assuntos exigiam tamanha urgência de atenção que se tornava impraticável, se não prejudicial, encerrar a sessão aos sessenta minutos programados. Houve também o caso em que foram combinadas duas sessões individuais de quarenta e cinco minutos, uma em seguida à outra, como aconteceu na família Divino.

Afora estas poucas exceções, não houve possibilidade prática de testar mais vezes um maior tempo duração para a entrevista ou sessão terapêutica, a fim de verificar se deste modo ela se tornaria mais proveitosa. Todavia, o que foi verificado é que para as famílias deste estudo o tempo de sessenta minutos de duração da sessão psicoterápica foi suficiente para levá-la a um bom rendimento terapêutico.

Tema 4 – Queixas entre Familiares e Participação Terapêutica

Observou-se que as queixas feitas pelos pais sobre os filhos são na realidade sintomas de dificuldades também pertencentes a eles próprios. Nestes casos, devem-se incluir ambos os pais? A ajuda é produtiva se apenas um deles participa? O que fazer quando um dos pais ou ambos não querem participar? Deve-se atender a criança em conjunto com seus pais ou separadamente?

Constatou-se durante a exposição do primeiro tema: "Influência de fatores reconhecidos", que, dentre as queixas apresentadas por dez famílias – e que diziam respeito a seus filhos (famílias Caldas, Moreno, Luz, Garibaldi, Divino, Serra, França, Antunes, Tupi e Amaro) – nove eram, em realidade, problemas pertencentes a um ou a ambos os pais, ou à relação conjugal destes. Sobre a décima família, a Amaro, não houve, como já foi mencionado, dados suficientes sobre a dinâmica familiar para realizar quaisquer discussões. Nas outras nove famílias referidas as mães moravam na casa e freqüentaram com regularidade as sessões terapêuticas. Quanto ao pai, em seis delas, morava no domicílio (famílias Caldas, Luz, Moreno, Serra, França e Tupi). Em quatro, ele estava ausente de casa, ou porque havia se separado da mãe (famílias Garibaldi e Divino), ou porque já era casado e possuía uma família anterior (família Antunes). Dentre as seis famílias que tinham o pai presente em casa, a única a tê-lo participando assiduamente da terapia foi a família Caldas que, por sinal, teve o atendimento mais longo e mais bem-sucedido quer em subgrupo quanto no grupo total. Nas demais cinco famílias, quando não era a provável falta de motivação (família Moreno), os pais apresentavam como impedimento para participar regularmente da terapia os compromissos com o trabalho, embora três deles tivessem horários bastante flexíveis. Nas famílias Serra e Tupi, os pais, possuindo negócios próprios, eram autônomos; na família França, sendo o pai um alto funcionário de uma empresa multinacional, cuja sede ficava a poucas quadras de sua casa, não tinha horário fixo para entrar ou sair do serviço. Nestas famílias, como iremos observar no tema seguinte, eles enfrentavam sérios conflitos conjugais, que incluíam idéias de separação e a ocorrência de relacionamentos extraconjugais – tanto por parte deles quanto por parte das mães. O único pai que não dispunha dessa flexibilidade de horários era o da família Luz. Ele era metalúrgico, e dizia trabalhar também aos sábados fazendo serviço extra. Mas, certamente, ele não trabalhava todos os sábados como afirmava; portanto, esta informação pareceu ser um pretexto para ele se isentar da responsabilidade de participar do processo terapêutico. Tinha as noites livres, mas, neste caso, era eu quem não me dispunha a ir, em horário noturno, para a região onde a família residia, localizada em área ainda pouco habitada e que oferecia pouca segurança. As duas únicas sessões realizadas com a presença do pai foram em seus dias de férias do trabalho. Observando-se estas cinco últimas famílias (Luz, Moreno, Serra, França e Tupi), verificamos que efeitos terapêuticos mais favoráveis aconteceram nas famílias Luz, Moreno e França, apesar da desistência desta última. Eram famílias que, embora os pais tenham participado bem pouco ou nada da terapia (família Moreno), as mães mostraram-se bastante interessadas e participativas.

Nas famílias Serra e Tupi, além das mães, os pais também estiveram presentes às sessões, por um tempo maior do que os outros pais, isto é, com mais horas de participação na terapia. No entanto, o atendimento nas famílias Serra e Tupi produziu menos resultados positivos do que nas outras três famílias. Isto porque, apesar da presença, os pais não se mostraram tão empenhados em lidar com os aspectos latentes dos problemas que atingiam suas filhas, como o fizeram os pais das famílias Luz, Moreno e França.

Nas três famílias que não tinham o pai em casa (famílias Garibaldi, Divino e Antunes), em todas elas, sua presença foi solicitada. Contudo, nenhum deles respondeu positivamente. A solicitação fora feita através das mães, e não diretamente de mim para eles, o que pode ter-se constituído em uma falha de procedimento, pois não houve meios de eu saber com que intenções conscientes ou inconscientes as mães transmitiram a solicitação. (Este aspecto será retomado no Tema E) Destas três famílias, o melhor aproveitamento terapêutico ocorreu na família Divino, cuja mãe, com boa capacidade para *insight*, foi capaz de perceber o quanto estava contribuindo, inconscientemente, para agravar o conflito edipiano que atormentava o filho maior. Na família Garibaldi também houve progressos terapêuticos, mas estes poderiam ter sido mais extensos se a mãe não fosse tão reticente e tão temerosa em se envolver com a terapia. A família Antunes foi aquela onde ocorreram os resultados terapêuticos menos promissores; nesta, a mãe não desejando assumir e abordar seus sentimentos de ódio e de frustração interrompeu abruptamente o atendimento quando o enfoque da terapia se desviou do filho em direção a ela.

Esses dados indicam que, independentemente da participação de um ou de ambos os progenitores, melhores resultados terapêuticos são alcançados quando existe neles motivação para participar e se envolver com responsabilidade no trabalho terapêutico visando a efetiva melhora dos filhos. Não havendo motivação e responsabilidade, a presença conjunta dos pais não traz progressos à terapia (famílias Serra e Tupi). Quando houver motivação, a participação conjunta dos pais trará, naturalmente, maior eficiência à terapia, como ficou demonstrado pelo atendimento realizado com a família Caldas. No caso da presença do casal parental ser inviável é recomendável que seja incluído, pelo menos, aquele que utiliza o filho como sustentáculo de sua fragilidade emocional ou como compensação para suas frustrações afetivas e matrimoniais. As sessões terapêuticas com as crianças deste estudo foram realizadas em sessões individuais (o tempo da sessão era dividido em duas metades, ficando 30 minutos para a criança e 30 minutos para os pais, quando não era totalmente dedicado a esta). Essa medida foi adotada para que as crianças, principalmente na fase inicial do atendimento, estando a sós comigo, tivessem a oportunidade de expressar livremente suas emoções e angústias, em especial aquelas que envolviam seus pais. Posteriormente, elas passaram a freqüentar as sessões em conjunto com os pais e demais familiares (famílias Caldas e Dourado).

Um achado adicional foi feito ainda durante esta análise: se a iniciativa de procurar ajuda terapêutica parte de dentro da própria família e não de fora dela, por recomendação ou imposição de médico ou de instituição (geralmente escolar), a motivação para participar da terapia era mais firme e mais sólida; e, portanto, o prognóstico era melhor. Esta situação ocorria quando a família, ao se perceber com dificuldades, aceitava suas responsabilidades, e, reconhecendo-se incapaz de resolvê-las sozinha, decidia procurar ajuda especializada, demonstrando com esta atitude sua disposição para envolver-se com o trabalho terapêutico. Foi o que sucedeu nas famílias Caldas, Luz, Moreno e Divino. Já nas famílias Serra, Antunes e Tupi, cujo pedido de auxílio partiu por determinação externa, verificou-se que os resultados terapêuticos foram menos expressivos do que nas demais famílias. Nas famílias Garibaldi e França, embora os pedidos tenham sido por indicação de terceiros, os resultados foram promissores porque as mães, mesmo demonstrando relutância em se envolver com a terapia, tinham noção de suas responsabilidades pelos problemas que atingiam seus filhos.

Tema 5 – Problemas Envolvendo os Cônjuges

Quando o problema envolve o casal, seria útil atendê-los conjuntamente desde o início? Ou atender cada cônjuge separadamente? Ou então intercalar atendimentos conjuntos com atendimentos separados? O que fazer quando um dos cônjuges não quer participar do processo terapêutico, nem junto nem em separado do outro? Neste último caso, seria útil, inócuo ou prejudicial atender apenas o parceiro que deseja o atendimento?

Dentre as famílias que tinham o casal constituído (famílias Caldas, Luz, Santana, Moreno, Hispana, Macedo, Serra, França, Neves, Tupi, Germano, Santos, Pinheiro e Reis), em oito delas (famílias Santana, Moreno, Hispana, Serra, França, Tupi, Santos e Reis), os casais apresentavam dificuldade conjugais. Nas famílias Hispana, França e Santos, as mães, vendo-se afetivamente abandonadas pelos maridos, sentiam-se profundamente frustradas em seu desejo de serem amadas e queridas. Os pais costumavam ficar muitas horas longe de casa e das mães, em função do trabalho (família França), ou em atividades de lazer (partidas de futebol) na companhia de amigos (família Hispana), quando não se afastavam das aproximações físicas que elas lhes faziam (família Santos). As mães tinham quase certeza de que existia uma outra mulher na vida deles; existência essa que eles, naturalmente, negavam com veemência. Nas famílias Santana e Moreno, as mães se queixavam de que os pais eram por demais pacatos e caseiros, preocupados em proporcionar-lhes bem-estar material e cuidados fraternais, mas pouco empenhados em corresponder aos seus anseios de mulher. Na família Tupi, a mãe guardava profundo rancor contra o pai por causa das infidelidades conjugais que haviam sido cometidas no passado, e pelas quais, ela dizia, jamais seria perdoado. Na família Serra, as desavenças do casal não ficaram esclarecidas, mas era evidente a sua gravidade, visto que a ameaça de separação, originada a partir dessas desavenças, havia provavelmente influído no desencadeamento de grave doença da filha maior – o câncer. Já na família Germano, a mãe, considerando o pai muito aquém de suas expectativas, recusava-se a aceitá-lo como seu marido de fato. Na família Reis, a mãe fazia queixas sobre o pai, mas o atendimento não prosseguiu além da primeira entrevista.

Como todos os pedidos de atendimento haviam sido feitos pelas mães, fosse para si mesmas ou para os filhos, as primeiras entrevistas foram realizadas com elas; e, por isso, em quase todas as famílias (Santana, Moreno, Hispana, França e Santos), as informações iniciais sobre o desajustamento conjugal foram obtidas a partir delas. Sendo assim, nessas cinco famílias, foi necessário solicitar aos pais que viessem participar dos atendimentos. Porém, excetuando o pai da família França, os demais não atenderam às solicitações feitas, sugerindo uma separação emocional já em andamento. O pai da família França, no entanto, só participou de uma única entrevista. Nas famílias Serra e Tupi, os pais não precisaram de solicitação; eles se incluíram nos atendimentos por iniciativa própria e introduziram o tema do conflito conjugal, sugerindo, inclusive, que a causa dos distúrbios que as filhas vinham sofrendo poderia estar localizada nesse conflito. Eles se mostravam propensos a discutir o relacionamento conjugal. Mas, diante da pouca abertura demonstrada pelas mães, não insistiam muito no assunto. E, assim, o tempo das sessões era praticamente preenchido por preocupações com a doença (da filha maior na família Serra), ou com o desempenho escolar (da filha maior na família Tupi), não sobrando espaço terapêutico para se falar do relacionamento marido-mulher. Os casais dessas duas famílias (Serra e Tupi), portavam-se como se sua presença às sessões fosse meramente de colaboração superficial, e devida unicamente ao fato de serem pais portadores de filhas-problema.

Em vista do exposto, os dados colhidos de sessões efetivamente realizadas com casais eram escassos, insuficientes para fazer indicações precisas sobre a forma mais adequada para se atender casais em conflito quando a terapia é familiar. Porém, a partir desta experiência, pode-se conjecturar sobre as razões pelas quais houve tão pouca receptividade por parte dos pais em atender às solicitações feitas para participar do processo terapêutico, e dos casais, em lidar com seus problemas conjugais.

Uma possibilidade pensada é que os pais tenham querido comparecer ao atendimento, mas as mães eram contrárias à vinda deles, para não precisar dividir com eles a exclusividade do momento terapêutico, como ocorreu na família Neves. Mas esta possibilidade parecia ser um pouco remota, uma vez que, para as mães, as sessões em conjunto seriam momentos em que elas poderiam expressar para os pais as insatisfações e dificuldades que eles, normalmente, não gostavam de ouvir e nem de reconhecer como existindo no relacionamento entre eles. Outra possibilidade cogitada é que as mães desejavam a vinda dos pais às sessões, não para conversar com eles sobre suas dificuldades em comum, mas, esperando que eu, agindo como sua aliada, "repreendesse" o pai apontando-lhe as inconveniências de sua conduta. Eles, por sua vez, sentindo-se perseguidos pela aliança que imaginavam estar existindo entre a terapeuta e as mães se esquivavam de enfrentar uma situação na qual, segundo suas fantasias, seriam julgados e massacrados impiedosamente. Uma terceira possibilidade aventada é a de que a presença dos pais criaria a oportunidade de serem esclarecidas as dificuldades vividas pelo casal. E é possível que fosse justamente isso que os pais (e por que não também as mães?) quisessem evitar; isto é, pôr a descoberto uma situação difícil e penosa de ser lidada e que, a partir de sua constatação, passaria a exigir uma solução que tanto poderia encaminhar o casal para um melhor entendimento ou para o fim do casamento. Apesar de uma solução pouquíssimo adequada, os casais haviam encontrado, através de um acordo tácito e silencioso, um arranjo que afastava as ameaças de uma separação. A separação era uma idéia muito assustadora, algo impensável não somente para algumas mães (famílias Hispana e França), como também para os pais (famílias França e Tupi). Mesmo nas famílias Santana e Moreno, cujas mães já tinham pensado ou vinham pensando em separação, esta era difícil, e talvez até impossível de ser concretizada. Na família Santana, a mãe, por medo de enfrentar a vida sozinha, hesitava em dar o passo decisivo para se separar do pai; e na família Moreno, quando finalmente a mãe decidiu colocar em ação o plano para a separação, engravidou "inesperadamente" do filho caçula, e precisou esquecer tudo que havia planejado. O pai da família Tupi já havia saído de casa uma vez, para retornar poucos dias depois; e, apesar das constantes brigas que tinha com a mãe, não se arriscou a fazer nova e melhor planejada tentativa de separação. Como quarta conjectura pensou-se que alguns pais (famílias Hispana, França e, talvez, Santos), simplesmente, não estavam mais interessados em melhorar e reavivar o relacionamento amoroso com as mães. O casamento era mantido porque eles, por motivos que desconhecíamos, não desejavam ou não se sentiam em condições de se separar. Esses pais, possivelmente, estavam envolvidos em relacionamentos extraconjugais de certa duração e estabilidade (famílias Hispana e França). Este fato fazia aumentar a insegurança das mães que, intuitivamente, percebiam aí uma perda quase que irremediável dos pais. Foram essas as mães que, num esforço desesperado para recuperar o pai e o casamento, ansiavam pela ida da família ao exterior na esperança de que, longe de todas as ameaças, pudessem ter o pai de novo junto delas.

A partir dessas considerações, conclui-se que, para lidar com conflitos conjugais, é necessário que ambos os cônjuges, possuindo como objetivo comum a compreensão das causas do desajuste existente, se sintam motivados para o trabalho terapêutico, preparados para enfrentar o que vier a suceder. Quando o casal quer continuar unido, a terapia terá por finalidade harmonizar a interação conjugal. E, no caso da separação ser inevitável, a ajuda terapêutica será no sentido de tornar os cônjuges mais maduros, para que o difícil momento de desfazer a união seja o menos traumático possível. Isso permitiria que outras pessoas envolvidas na separação, sobretudo os filhos, tivessem amenizado os prejuízos adaptativos em virtude das repercussões desfavoráveis da separação dos pais.

Na terapia de casal seria ainda útil e proveitoso intercalar sessões individuais com sessões conjuntas, para dar a cada cônjuge a oportunidade de expressar idéias e sentimentos que, se viessem a ser conhecidos pelo parceiro, provocariam feridas profundas que não seriam jamais cicatrizadas. Na família Caldas, por exemplo, embora não tenha havido evidências de conflitos entre os pais, nas duas sessões feitas somente com o pai, este confidenciou um dado que muito o incomodava, e que provavelmente ele jamais falaria diante da mãe: o excesso de ciúmes que a mãe sentia dele e que já o havia colocado em situações constrangedoras e embaraçosas diante de amigos e parentes. Se, porém, a motivação para uma terapia de casal faltar a um dos cônjuges, o trabalho em conjunto torna-se impraticável. Resta, então, como alternativa, atender o cônjuge que quer se desenvolver e se fortalecer para seguir os caminhos mais adequados para si. E foi o que se fez nas famílias Santana, Moreno, Hispana, Germano e Santos, cujos atendimentos envolveram apenas as mães. Nessas situações, a melhora de um cônjuge pode, eventualmente, vir a beneficiar, ainda que de maneira indireta, o outro cônjuge; e com isto, provocar uma reaproximação do casal (família Moreno). Mas o inverso também pode ocorrer: o crescimento e a evolução de um cônjuge pode acentuar ainda mais a distância já existente entre o casal; e até ameaçar, com ruptura, o vínculo conjugal (família Santana).

Para explicar as diferentes reações que observamos nos casais Moreno e Santana, perante a terapia individual das mães, poderemos considerar o seguinte: na família Moreno, a mãe, antes, pessoa insegura e imatura, pôde, através da ajuda terapêutica, amadurecer e se libertar das idéias que tinha a respeito de sexo como algo "sujo e nojento". Não se envergonhando mais dos desejos que possuía em relação ao pai e permitindo-se se tornar mulher, conseguiu acercar-se amorosamente dele. Este, provavelmente, estava à espera da mãe como mulher, e, por isso, se mostrou tão receptivo às aproximações que ela lhe fez. Na família Santana a mãe também era uma pessoa imatura que, como uma menina, se submetia aos "mandamentos" da progenitora, mesmo já adulta, e dependia dos cuidados que o pai lhe dava. Porém, ao crescer com a terapia, ela passou a querer que o pai fosse também o seu marido. Dizia já não precisar de alguém que cuidasse dela, mas, sim, de um homem que fosse companheiro e ao mesmo tempo namorado para partilharem juntos de interesses comuns. Como o pai não conseguia "crescer" para atender aos pedidos da mãe, esta tentou, deixando-o sozinho, buscar o almejado homem fora de casa.

Tema 6 – Lidando com as Resistências

Quando a resistência atinge um nível elevado, a orientação é não insistir em demasia em sua remoção, esperando-se que no retorno (após um trimestre) a família esteja mais acessível e pronta a se aprofundar na terapia. Será que isso realmente acontece? Ou será mais indicado enfrentar a resistência em vez de aguardar o retorno? E como saber quando interromper a série de sessões psicoterápicas em virtude de resistências intransponíveis?

Quando seis famílias deste estudo (famílias Caldas, Luz, Garibaldi, Macedo, Serra e Germano) começaram a manifestar forte resistência ao aprofundamento e à continuidade da terapia, seguiu-se a orientação adotada pela Psicoterapia Preventiva da Família de não insistir em sua imediata remoção. Em vez disso, propôs-se uma interrupção de três meses, após a qual a terapia seria retomada (retorno trimestral). Esperava-se que durante a pausa, as famílias, livres das pressões emocionais a que se viam submetidas, pudessem elaborar parcialmente a angústia que havia emergido e retornar demonstrando maior receptividade ao trabalho psicoterápico interrompido.

Nas famílias Caldas, Macedo e Germano houve a confirmação da expectativa feita. Nas famílias Caldas e Macedo a proposta de interrupção aconteceu quando elas passaram a se comportar de maneira evasiva, bem diferente da habitual. As duas famílias, que sempre tinham relatos a fazer durante as sessões, começaram, em dado momento, a dizer, por exemplo: "tudo está em ordem em casa", ou então "a situação em casa está caminhando bem e sem contratempos e sem novidades" (o que não correspondia aos fatos), indicando com isso que, por ora, nada mais deveria ser tratado. Na família Macedo, em particular, nas sessões que precederam a sessão de interrupção (sessão 8), a mãe havia se conduzido de forma inusitada: ela, que não costumava atender às chamadas telefônicas enquanto estava em sessão comigo, na sessão 6 não apenas atendeu aos telefonemas como também não teve a preocupação de encerrá-los logo. E o cafezinho, que nunca deixava de ser servido, "faltou" na sessão 7. No retorno à terapia, após a pausa, observei que as famílias Caldas e Macedo estavam mais confiantes e mais dispostas a se aprofundar na busca de explicações e soluções para seus problemas. E foram desenvolvendo a capacidade e a sensibilidade para compreenderem os significados emocionais contidos nos acontecimentos familiares, os quais deixaram de ser encarados como ocorrências casuais e desprovidas de qualquer sentido. Na família Germano a interrupção foi realizada em função da ostensiva reação terapêutica negativa surgida na mãe. Ela "faltava" às sessões sem me avisar e não reconhecia a ajuda que eu lhe prestava; dispensava a mim e ao meu trabalho o mesmo desdém que dispensava ao pai. Na sessão de retorno, a mãe mostrou-se mais colaboradora e disponível. E disse, com sincera humildade, que havia percebido que ficava sempre sozinha porque tratava com desprezo as pessoas que lhe queriam bem. A terapia, que após esse retorno vinha prosseguindo com crescente abertura, teve, no entanto, um brusco encerramento quando a mãe decidiu partir em inesperada e inexplicável viagem ao exterior. Nas três outras famílias deste subgrupo, (famílias Luz, Garibaldi e Serra), contudo, não ocorreu a esperada continuidade da terapia após a pausa. Nessas famílias, o atendimento foi encerrado quase que simultaneamente à sessão de retorno (famílias Luz e Garibaldi) ou poucas sessões após o retorno (família Serra).

Para se ter uma compreensão mais completa a respeito dos motivos desses abandonos seria útil recordar aqui as circunstâncias nas quais foram realizados a pausa e o retorno em cada uma dessas três últimas famílias.

Na família Luz, a pausa aconteceu porque a mãe encontrava-se bastante assustada com as lembranças que estavam emergindo, lembranças essas que envolviam "traições" que imaginava ter cometido contra o pai. Por isso colocava tanto barulho e tantas pessoas entre nós – TV e os filhos que brincavam e falavam alto. Era para que eu não pudesse ouvi-la. Decidimos então fazer a "interrupção" na terapia e a ela retornar depois de três meses. [Talvez tivesse sido preferível trabalhar a angústia da mãe, mostrando seu arrependimento tardio e o desejo de se redimir contando tudo para o pai; e de voltar ao passado e ao "amor de sua vida" – um homem bem mais velho do que ela, casado e pai de filhos já adultos com quem, ainda adolescente, mantivera um "namoro platônico" de curta duração.] Na sessão de retorno a mãe conta que não está mais brigando com a filha maior. E que não tem mantido relações sexuais com o pai desde a interrupção da terapia porque ele não queria deixá-la voltar a estudar. Em verdade, ao não manter relações sexuais com o pai, a mãe estava castigando-o por ele criar obstáculos ao desejo dela de estudar; isto é, de crescer, ser independente. A recusa às relações sexuais nas atuais circunstâncias seria ainda uma forma infantil de rebelar-se, como a criança que se recusa a comer. Apontei que esta era uma nova dificuldade que ela enfrentava e que seria útil conversarmos junto com o pai. E combinamos que a sessão seguinte seria após as minhas férias; ou seja, três semanas depois (a mãe encontrava-se por demais aflita em rememorar os fatos e as emoções sentidas no passado, e também muito temerosa com o fato de a traição que imaginava ter cometido em relação ao pai ser "desmascarada"). Na sessão de retorno, estabeleceu-se que em seguida às minhas férias (a sessão de retorno aconteceu na semana que precedeu as minhas férias) iniciaríamos um novo período terapêutico para trabalharmos especificamente o relacionamento conjugal, contando, quem sabe, com a presença do pai, tendo em vista o que a mãe me contara que desde a interrupção da terapia vinha se recusando a manter relações sexuais com o pai, gerando, com esta atitude, constantes discussões entre o casal. [Esta comunicação sugeria que a mãe sentiu, com a interrupção da terapia, que precisava novamente renunciar e perder o grande amor da sua vida, representado, na transferência, por mim.] Mas, quando retornei a casa após três semanas, a mãe não se encontrava à minha espera. As minhas férias, que se interpuseram entre a sessão de retorno e a retomada da terapia, constituíram-se certamente em um abandono por demais longo e insuportável para ela. Além disso, a sugestão de incluir o pai na terapia, ainda que em data futura, deve ter contribuído para acentuar na mãe o desejo de abandonar a terapia. [É possível que o desejo da mãe de se redimir da culpa pela imaginada traição estivesse projetada em mim, e por isso temia a presença do pai à terapia.] Na família Garibaldi, a mãe, pessoa solitária e com muita carência afetiva, não queria estreitar a ligação terapêutica que mantinha comigo. A primeira vez que se dispôs a falar de si e de seu passado foi, justamente, na sessão que antecedeu às minhas férias. Não resistindo ao abandono sofrido durante a minha ausência, na sessão em que retornei das férias, a mãe, dizendo-se indecisa entre permanecer ou não em terapia, pede um tempo para pensar. [A resistência, que vinha se atenuando, tornou a se intensificar com as minhas férias.] Apesar das minhas interpretações a respeito de seus sentimentos de ter se sentido abandonada, a mãe manteve-se irredutível na sua posição. Realizada a pausa de três meses, na semana anterior à sessão de retorno, a mãe me telefonou para comunicar a sua decisão de encerrar a terapia. Na família Serra, a pausa foi combinada em virtude da transferência negativa que nela se estabelecera. Na sessão de retorno, os pais, declarando que a filha maior encontrava-se bem de saúde, pedem que o atendimento seja agora realizado com o filho, que se tornara agitado na escola e desatento às aulas. Eles pensavam que o comportamento do filho estaria relacionado com a cirurgia da coluna à qual provavelmente ele iria se submeter, embora nada estivesse ainda confirmado. Iniciado o atendimento com o filho, a mãe, no entanto, o encerrou depois de seis semanas. Explicou que não havia quem pudesse trazer o filho até o meu consultório (o atendimento estava sendo realizado em meu consultório porque não havia meios de compatibilizar os meus horários com os do filho), mas que tão logo fosse possível, a terapia seria reiniciada. O que nunca veio a acontecer.

Com base nessas observações, pode-se entender que o atendimento torna-se mais produtivo quando, respeitando e aceitando as limitações existentes na família em relação ao aprofundamento terapêutico, não se exige que ela lide e supere de imediato a resistência, postergando para um outro momento o encontro de material mais inconsciente. A não consideração deste aspecto pode levar não apenas à intensificação da resistência, mas também precipitar a fuga à terapia, como ocorreu na família Antunes, principalmente se a motivação existente para o trabalho psicoterápico é tênue e pouco consistente.

Deve-se ainda ter o cuidado de, no momento de realizar a interrupção, evitar a contigüidade da pausa com as férias do terapeuta, para que a ausência não se torne por demais prolongada e ocasionar, com isto, o incremento da resistência ou a perda da motivação pela terapia. Caso não seja possível evitar tal contigüidade, seria conveniente reduzir a pausa para um período inferior a três meses.

Tema 7 – Psicoterapia Preventiva da Família Envolvendo um só Membro?

Considerando que o cliente do terapeuta é potencialmente a família, quando a queixa envolve aparentemente apenas um membro familiar, é útil atendê-lo só e individualmente? Ou seria mais útil atender o "paciente" e mais alguém que se apresenta no local e na hora da sessão?

Houve duas situações nas quais a questão foi apresentada:

a) um membro familiar percebia-se com dificuldades e pedia ajuda para si próprio, mesmo considerando que seus problemas eram provocados ou agravados por ação de outro membro familiar (famílias Santana, Hispana, Dourado, Macedo, Viana, Neves, Germano, Santos, Pinheiro e Reis);

b) um membro familiar era apontado como o portador do problema que perturbava a todos e por isso ele é quem deveria ser tratado (famílias Caldas, Luz, Moreno, Garibaldi, Divino, Serra, França, Antunes,Tupi e Amaro).

Na situação (a), o atendimento foi iniciado com o membro que havia feito o pedido, ou seja, as mães. Constatado que o problema estava restrito à mãe, a terapia continuava exclusivamente com ela, porém com a ressalva dela se expandir para outros membros caso visse a ser útil incluí-los (famílias Viana e Pinheiro). Os resultados obtidos com o atendimento individual nestas duas famílias foram bastante favoráveis, tendo trazido benefícios para as duas mães.

Em outras famílias, contudo, ao se verificar, no decorrer do atendimento, a necessidade de incluir outros membros da família (eram famílias nas quais as queixas envolviam ou estavam intrinsecamente vinculadas a outro membro familiar, fosse cônjuge, filho ou progenitora), suas presenças foram solicitadas. Acreditava-se que este procedimento que traria a vantagem de acelerar e até de elevar a eficiência da tarefa terapêutica, na medida em que, através dele, seria possível lidar com as pessoas reais, e não com as cotransferências; ou seja, as fantasias e representações mentais que as mães faziam desses familiares. Nas famílias Dourado e Neves, atendendo às solicitações feitas, compareceram às sessões, respectivamente, a avó materna e o pai. Suas presenças, no entanto, não trouxeram a esperada contribuição para um melhor desenvolvimento terapêutico, pois essas famílias, como se pôde perceber depois, possuíam pouca capacidade para realizar mudanças adaptativas no seu interior. Nas famílias Santana, Hispana, Germano e Santos, os membros solicitados não atenderam ao pedido feito; na família Macedo, a filha (o membro solicitado) compareceu, mas apenas a uma única sessão, e para declarar que não pretendia vir a mais nenhuma outra. Em vista disso, nessas famílias (Santana, Hispana, Germano, Santos e Macedo), a terapia prosseguiu apenas com as mães, revelando-se mais proveitosa para umas do que para outras. Ela foi particularmente proveitosa para as mães que estavam empenhadas em conquistar a maturidade emocional e condições adaptativas mais eficazes, como estavam as mães das famílias Santana e Macedo.

Surge então uma indagação: afinal, por que continuar o atendimento no domicílio quando ele é dirigido a apenas um membro familiar, e não transferi-lo para o consultório como acabou ocorrendo com a família Santana?

A transferência do atendimento da mãe da família Santana para o meu consultório aconteceu devido a dificuldades em conciliar os horários. Foi uma situação especial, e, como esta, existiram outras, fosse em função de horário (família Serra, para o atendimento do filho) ou em função da falta de condições necessárias para uma dada tarefa (família Caldas, para a aplicação dos testes psicológicos na filha menor). Embora situações como essas, de mudança de local de atendimento, se tornem, muitas vezes, inevitáveis, deve-se, no entanto, ter o cuidado para não abandonar por completo a ida a casa. Durante o período em que o terapeuta freqüenta a casa, em virtude de sua constante e regular presença, ele passa a ocupar uma posição dentro da estrutura familiar que lhe confere a condição de se firmar como o terapeuta da família, aquele a quem qualquer membro recorre quando se defronta com um problema que lhe é difícil solucionar sem ajuda especializada. Quando o atendimento é transferido para o consultório, o distanciamento físico que se estabelece entre o terapeuta e os membros que não participam efetivamente da terapia por razões as mais variadas – ambivalência, resistência, dificuldades no horário, entre outras – traz como conseqüência uma diluição ou um esmaecimento da ligação transferencial, positiva ou negativa, que, inevitavelmente, se estabelece entre ambas as partes, quando o terapeuta é um freqüentador regular do domicílio familiar. Este é um dos aspectos que garantem o caráter preventivo familiar da Psicoterapia Preventiva da Família.

Na situação (b), considerando-se que os mencionados membros-problema eram os filhos, e que estes poderiam estar expressando dificuldades familiares, parentais (de um ou de ambos), ou existentes na relação conjugal, procurou-se incluir no atendimento também o casal parental, pois nele poderiam estar contidos os aspectos latentes da situação-problema. Porém, somente a participação das mães foi total. Apesar da insistência, poucos pais se interessaram em integrar o processo terapêutico; e se o fizeram, sua participação foi precária. Mesmo não contando com a presença de alguns pais, o trabalho terapêutico prosseguiu com as mães (como tinham sido as mães que haviam feito os pedidos de ajuda, elas se mostravam mais propensas do que os pais a participar da terapia).

Não houve neste estudo nenhum caso cujo atendimento tivesse sido realizado apenas com o filho, sem incluir nenhum outro membro familiar. Por isso, embora não tenhamos dados para comparar e decidir se seria mais produtivo atender ao membro-problema sozinho ou em conjunto com os pais, e demais membros familiares, as reflexões feitas acima e os resultados terapêuticos observados indicam que a eficiência da terapia é maior e mais abrangente quando ela consegue alcançar as fontes de situações-problema (os pais e/ou as mães) e não apenas os sintomas (os filhos).

Tema 8 – Lidando com Mudanças no Enquadre

Relacionado com a questão anterior: o atendimento deve ser exclusivamente com o membro indicado? Ou permitir que ele se estenda espontaneamente para o resto da família? Nesse caso, haveria compatibilidade com o enquadre da psicoterapia breve cujo número de sessões é previamente programado?

Em algumas famílias (Caldas, Santana, Dourado e Viana), houve momentos em que o enfoque do atendimento familiar, que estava dirigido à situação-problema inicialmente proposta, era desviado para outro problema que surgia na família e que exigia atenção urgente.

Na família Caldas, após o encerramento de uma dada sessão, a filha maior pede para falar a sós comigo. Quer conversar e entender porque suas colegas vêm tomando certas atitudes estranhas, que não entende, em relação a ela. Bastou uma única sessão para tranqüilizá-la. Tempos depois, a seu pedido, nova sessão individual foi realizada porque se sentia desorientada quanto ao curso superior a seguir. Queria a minha ajuda para poder se decidir. Esse pedido, no entanto, encobria sérias dificuldades escolares que vinha enfrentando. A seu ver, a escola era muito exigente, e talvez estivesse além da sua capacidade intelectual. Em vista disso, realizamos mais duas sessões individuais para lidar com a angústia em que vivia, intercalando com as sessões familiares.

Na família Santana, a mãe cedeu algumas sessões para que suas filhas pudessem conversar comigo. Do mesmo modo, na família Dourado, a terapia da mãe foi "suspensa" algumas vezes para dar atendimento aos filhos, quando estes se encontravam angustiados. E assim também foi na família Viana, cuja mãe, afirmando ter dificuldades em controlar a conduta de suas filhas adolescentes, pedia para que eu "conversasse" com elas.

Observamos através dessas situações, que a quantidade de sessões realizadas para tratar de assuntos extra-situações-problema foram esporádicas e de curta duração (duas sessões seguidas no máximo), e que, por isso, não trouxeram nenhum prejuízo ou comprometimento à terapia breve anteriormente contratada. Sua realização, pelo contrário, até beneficiava a terapia familiar, pois trazia um alívio a todos que, direta ou indiretamente, se viam envolvidos pelos momentos críticos extrafamiliares de um ou de outro membro familiar.

Tema 9 – Variações na Freqüência dos Participantes

Como lidar com "as entradas" e "as saídas" dos membros da família, ou seja, as presenças ou as ausências que inevitavelmente ocorrem no momento do atendimento; e de uma sessão para outra?

Quando havia a combinação prévia de que uma dada sessão seria realizada com um determinado membro familiar ou com o casal, a "entrada" de um outro membro familiar ficava vetada porque, naquele período, os temas tratados deveriam permanecer sigilosos. Não havendo, porém, restrições dessa espécie, e desde que os membros familiares já participantes da terapia concordassem, a "entrada" à sessão e também à terapia estava acessível a qualquer membro familiar, tendo em conta o fato de que todos os membros familiares eram, por definição, pacientes da Psicoterapia Preventiva da Família. Essas "entradas" foram consideradas, inclusive, oportunas e bem-vindas, pois contribuíram para ampliar e aprofundar a compreensão sobre a dinâmica das famílias em atendimento. Elas evidenciavam o interesse e a motivação do membro familiar que, por se sentir parte integrante da família, queria participar do processo de tratamento de um problema em que, direta ou indiretamente, se via envolvido.

Sobre as "saídas" das sessões ou de uma sessão para outra, estas eram realizadas igualmente pelos adultos e pelas crianças, fossem em atendimentos individuais ou em atendimentos em conjunto. Atribuímos a denominação "saída" para designar a situação em que o membro familiar não se encontrava na casa para a sessão programada; ou ele se encontrava na casa, mas recusava-se a participar da sessão; ou, então, ele se retirava no meio da sessão. As "saídas", ao contrário das "entradas", representavam a resistência ou a transferência negativa que dominava o membro familiar em questão. Se a sessão estava marcada para ser individual, a "saída" do membro familiar, por ausência ou recusa em participar, implicava na não realização da sessão; ou, se a "saída" se dava durante a sessão, esta era, de imediato, suspensa. Nessas situações, quando possível, procurava-se conversar com esse membro familiar para poder compreender e lidar com os motivos que o levavam a agir daquela maneira, o que não significava que ele estava obrigado a permenecer na sessão, e, portanto, impedido de sair.

Mas se a sessão era em conjunto, a "saída" de um ou de outro membro familiar não impedia a realização ou a continuidade de realização da mesma. Tentava-se, então, compreender os significados emocionais, transferenciais e cotransferenciais, contidos nesse ato de "saída" do membro familiar. O restante da família costumava protestar e reclamar contra a "saída", principalmente se o ausente era o membro-problema. Era quando a família tentava impedir a "saída" dele, chamando sua atenção ou tentando retê-lo. Às vezes, a família ia atrás dele para trazê-lo de volta à sessão. Porém, os esforços eram sempre pouco compensadores; o membro familiar "fugitivo", mesmo "capturado" e forçado a permanecer na sessão, continuava resistente, permenecendo em silêncio e se recusando a falar. O fato de não falar, mas estar presente, embora com a desculpa de estar "constrangido" pelos familiares significa, geralmente, uma atitude ambivalente: quer estar presente, mas não se responsabilizar pelo que for surgindo. Eram bem freqüentes essas situações nas famílias Caldas e Dourado. As "saídas", contudo, não ocorriam apenas com os membros-problema. Outros membros familiares também costumavam se ausentar das sessões, alegando razões que, por vezes, indicavam tratar-se de impedimentos reais. Na família Caldas, por exemplo, o pai, durante o período em que trabalhava em vendas, viajava muito para municípios vizinhos à região da Grande São Paulo e não conseguia chegar a tempo para as sessões. Outras vezes, porém, essas razões, embora parecessem plausíveis e coerentes, surgiam como expressões de resistência. Tal entendimento, contudo, eu o mantinha somente para mim, aguardando o momento oportuno para utilizá-lo. Na família Tupi, o pai também costumava fazer viagens de vendas. Mas ele se aproveitava delas para poder se ausentar das sessões familiares que, ao que tudo indicava, lhes eram extremamente penosas e cheias de angústia.

Alguns Achados sobre a Técnica

Em quaisquer movimentos de "entrada" ou de "saída" que a família realizava, fosse dentro de cada sessão ou de uma sessão para outra, não houve tentativas para inibi-las ou desviá-las de suas intenções. As "entradas", tidas como sinais de interesse e motivação para participar da terapia, somente eram proibidas quando uma dada sessão estava combinada para ser realizada reservadamente com certo membro específico. De resto, elas se revelaram úteis para tornar mais profunda e abrangente a compreensão sobre a dinâmica inconsciente da família em atendimento. Mas se a presença inesperada à sessão é a de um elemento não pertencente à família, e cuja participação não foi solicitada pelo terapeuta, a atitude mais indicada, caso a família não tome providências no sentido de dispensá-la, é a de suspender a sessão. Compreendendo que a presença estranha é expressão de resistência à terapia, mas que naquele instante não pode ser interpretada, aguarda-se um momento posterior para realizar a interpretação. Do mesmo modo, as "saídas", consideradas também como manifestação de resistência à terapia ou de transferência negativa, são lidadas em ocasião oportuna para, inclusive, prevenir o abandono do trabalho terapêutico.

Tema 10 – Ação do Terapeuta diante de Estranhos à Terapia

Quando, no horário programado para a sessão terapêutica domiciliar, estiver presente um vizinho, um amigo ou um parente não residente na casa, será preferível suspender a sessão? Ou realizá-la assim mesmo?

Era contratado com as famílias que o atendimento era extensivo a todas as pessoas que se incluíssem em nossa definição de família feita à página 46: "...pessoas que, habitando sob um mesmo teto, estivessem ligadas por vínculos matrimoniais (legalizados ou não), paternos e/ou maternos-filiais, fraternais ou outro parentesco, e compartilhassem de uma intimidade afetiva comum". E que qualquer pessoa estranha à definição teria acesso à terapia somente se fosse constatada a necessidade e a utilidade de sua participação.

Foram poucas, porém, as situações em que as visitas, os parentes ou os vizinhos estavam na casa no horário combinado para as sessões. Em geral, as famílias tomavam providências para que imprevistos não ocorressem: o fone era retirado do gancho para não haver interrupção da sessão (famílias Hispana e Pinheiro); quando era impossível deixar de atender a chamada telefônica, esta era encerrada muito rapidamente; ou, então, como fazia a mãe da família Macedo, mandava a empregada dizer que não havia ninguém em casa naquela hora. Quando eram parentes ou vizinhos que surgiam inesperadamente, a família, explicando que estava em sessão terapêutica, pedia-lhes que retornassem outra hora. Em situações de visitas mais formais, como ocorreu enquanto me encontrava atendendo as famílias Santana e Germano, as mães me encaminharam para um outro aposento da casa, para que pudéssemos continuar a sessão com privacidade.

Tudo isto foi surgindo como sinais indicativos do interesse que a família tinha em preservar seu momento terapêutico. Sendo assim, se as pessoas que não faziam parte da família encontravam-se no local da sessão e a família não esboçava nenhum gesto para afastá-las ou afastar-se delas, compreendia que ela estava se utilizando dessas presenças para expressar resistência ou transferência negativa. Esse raciocínio será ilustrado por dois fatos ocorridos: um na família Luz, e outro na família Germano. Na família Luz, a mãe, em uma seqüência de resistências que vinha manifestando à continuidade da terapia dizia, na sessão 14, que talvez precisasse interromper a terapia porque estava planejando montar uma loja em um bairro distante de sua casa. Mas que a terapia poderia prosseguir com sua filha maior, que, por sinal, estava se tornando agressiva também com o pai. Nesse instante, a empregada entra na sala para assistir à TV junto com as crianças. E a mãe nada fez para impedi-la. Ao contrário, tentou incluí-la na situação terapêutica, pedindo que ela confirmasse as queixas que estava fazendo para mim a respeito da filha maior. A empregada havia surgido como um oportuno impedimento ao aprofundamento terapêutico que vinha assustando a mãe. Na família Germano, a sessão 2 foi a sessão de retorno das minhas férias. A empregada da casa estava na sala quando cheguei. A mãe sentiu que fora abandonada por mim, e apontando o dedo para a empregada, disse que não precisava mais de mim porque tinha arranjado uma "babá" (a empregada) que lhe proporcionava todos os cuidados que necessitava. Porém, no instante em que fez o ataque, a mãe entrou em contato com suas reminiscências sobre o passado e recordando a generosidade de sua progenitora deu-se conta da boa mãe que tenho sido para ela. E fez a reparação. Mandou a "babá" ir para a cozinha lavar a louça suja que estava amontoada sobre a pia.

Em situações como essas eu me via quase que imobilizada: colocada diante de pessoas totalmente estranhas ao contexto terapêutico e até familiar (eram empregadas, e ainda recém-contratadas), cuja presença contrariava o acordo terapêutico, ficava difícil interpretar a resistência e a transferência negativa que vinha existindo nas mães. E o que dizer então de fazer interpretações sobre material mais íntimo e pessoal? E era exatamente isso que as mães pretendiam: tornar-me impotente impedindo o avanço do trabalho terapêutico em direção a um conhecimento mais profundo sobre seus segredos fantasiosos de incesto e de traição ao pai (família Luz), ou fazer-me sentir desnecessária para exprimir a raiva pelo abandono sofrido durante as férias (família Germano). Mas, ao mesmo tempo, ambivalentes, as mães não queriam me afastar totalmente; queriam a minha ajuda reparadora (família Luz), considerando-me tão dadivosa como sua progenitora (família Germano). Se assim não fosse, elas poderiam ter cancelado ou "faltado" às sessões como já haviam feito anteriormente. Neste caso, ignorar a ambivalência representada pelas empregadas e ter tentado realizar a sessão "normalmente", poderia ter ocasionado um fortalecimento da resistência e da transferência negativa. Restava-me então fazer o que efetivamente fiz: lembrar às mães os termos do acordo terapêutico e aguardar sua reação. Se após o assinalamento elas tivessem se mantido firmes e irremovíveis (o que acabou não acontecendo), então a atitude mais recomendável teria sido a de interromper a sessão para, na seguinte, tentar compreender, junto com as mães, os motivos que as teriam levado a tomar e a persistir naquela atitude negativista.

Tema 11 – Indicadores de Falta de Motivação ("faltas")

Quais os fatores que deveríamos tomar como indicadores seguros de que a família não se encontra suficientemente motivada para continuar o atendimento? O número de "faltas" do membro que está sendo atendido? Neste caso, qual deverá ser o número máximo de faltas?

Para esta questão, iremos considerar as famílias cujo abandono da terapia ocorreu em virtude da ausência ou da perda de motivação pelo trabalho terapêutico que, em determinadas circunstâncias, se deu pelo aumento excessivo de resistências. Ou seja, havia interesse pela terapia, mas a existência de bloqueios emocionais levava a rodeios e evasivas difíceis de serem superados.

As famílias Amaro e Reis não possuíam motivação suficiente nem para iniciar o atendimento. Nas famílias Antunes e Santos, a desistência foi quase que repentina, sem preâmbulos indicativos de sua intenção. Na família Antunes, quando foi proposta (naquela que se tornaria a última sessão) a mudança do enfoque do filho para a mãe, esta passou a dizer que não possuía mais nenhuma condição financeira para arcar com a terapia; e, na família Santos, a mãe não quis mais continuar com a terapia ao receber a interpretação sobre a rejeição que teria sentido ao saber-se grávida do filho e ao se ver na iminência de ficar perante o seu desejo de trair o pai. A mãe estava casada há seis anos. Encontrava-se deprimida e atormentada pela idéia de morrer vítima de um mal súbito e incurável, embora sua saúde física não apresentasse problemas. A depressão surgiu pela primeira vez quando foi surpreendida pela gravidez não planejada do filho único de três anos. Sentia-se jovem demais para se tornar mãe; queria viajar e aproveitar a vida antes de ter um filho. Superada a decepção inicial, passou a se cuidar, alimentando-se com produtos naturais que fariam bem a ela e ao feto. A gravidez e o parto transcorreram sem dificuldades, e o filho goza de ótima saúde. O pai, durante o namoro, fora bastante apaixonado pela mãe. Porém, pouco antes do casamento, tornara-se distante e menos apaixonado. A mãe não conseguia atinar com os motivos dessa mudança. Na sessão 5, a mãe conta que, antes de conhecer o pai, havia praticado dois abortos porque não gostava o suficiente do ex-namorado para ter se casado com ele. E que o pai sabia desse seu passado. [É possível que este conhecimento tenha "esfriado" a paixão do pai pela mãe. Por que será que quis contar para o pai sobre os abortos? Seria para expiar a culpa?] Interpretei que, ao engravidar pela terceira vez, e sem estar desejando, a mãe possa ter pensado em novamente abortar. Esta não só não aceitou a interpretação como a repudiou. Insistiu que a rejeição à gravidez fora passageira e que logo desaparecera. E tornou a enfatizar a satisfação com que se cuidou durante a gravidez. Mas, antes da sessão 6, a mãe ligou para cancelá-la. Estava aborrecida comigo porque eu havia dito certas coisas que a abalaram muito e que não correspondiam à verdade. Gostava do filho e nunca pensou em abortá-lo. Depois da sessão, disse, chorou muito abraçada ao filho, dizendo-lhe que o amava muito e que jamais o rejeitara. Em seguida, ligou para o pai e relatou o ocorrido. Este também considerou um absurdo a idéia de que um dia a mãe não quis ter o filho. Nervosa, marcou consulta com seu médico; e enquanto aguardava sua vez, na sala de espera, expôs para uma paciente que também aguardava consulta com o médico, tudo o que havíamos conversado, inclusive os abortos que realizara. Não satisfeita, procurou uma senhora espírita para ouvir dela palavras tranqüilizadoras. Consegui acalmá-la e me dirigi a casa para a sessão marcada. Na casa, após retomar o assunto da sessão anterior que tanto a perturbara, a mãe revelou que, no ano anterior, diante da indiferença que o pai estava demonstrando, traiu-o com um homem casado. E que o pai continuava tratando-a com indiferença, até sexualmente. Recentemente, havia-o flagrado masturbando-se. Antes da sessão 7 a mãe ligou para demarcá-la. Alegou que precisava viajar com urgência. Ao retornar da viagem, iria me ligar para retomarmos a terapia. O que não veio a acontecer. [Pode-se conjecturar que a mãe, sentindo-se rejeitada e humilhada pelo afastamento do pai, estivesse tentada a buscar um outro homem para vivenciar, mais uma vez, a sensação de se sentir atraente e desejada como mulher. Mas esta era uma outra verdade que lhe despertava muita angústia e culpa.]

Nas famílias Hispana e França as mães persistiam na idéia de transformar a viagem ao exterior na solução para os problemas conjugais que enfrentavam, indicando com isto que estavam à espera de soluções que magicamente mudariam suas vidas (o que a terapia não lhes proporcionava); e, por isso, encontravam-se pouco motivadas para irem em busca de soluções mais realistas e mais adequadas, porém mais penosas de serem encontradas, como era a proposta que a terapia lhes oferecia. A ausência de motivação para a terapia tornou-se evidente nas famílias Tupi e Serra quando elas começaram a "faltar" e a cancelar as sessões em meio a um clima de distanciamento e indiferença que já vinha permeando as sessões. A partir dessas observações, ponderou-se que duas ou, no máximo, três faltas seguidas nessas condições, ou quando elas ocorrem com certa regularidade, podem ser vistas como forte indício de desmotivação para a continuidade da terapia, principalmente se elas ocorrerem sem aviso prévio, pois isto implica em fazer o terapeuta deslocar-se, inutilmente, até a residência.

Além das faltas, existem, naturalmente, diversos outros fatores que funcionam como indicadores de ausência de motivação para a continuidade da terapia. Esses indicadores, contudo, não devem ser tomados isoladamente e com sentido absoluto, mas, sim, serem inseridos e compreendidos dentro do contexto global em que se processa a terapia para evitar equívocos ou a tomada de providências precipitadas e prejudiciais.

Capítulo 7
Caminhos na Investigação das Variações da Técnica*

Tema A – As abordagens que se dizem suportivas seriam as mais aceitáveis? Ou seja, nas modalidades de orientação, reasseguramento, sugestão, persuasão, etc.?

Nas famílias Dourado, Serra e Neves, a abordagem terapêutica consistiu predominantemente de técnicas ditas suportivas e algo da técnica reeducativa. Embora tenham sido tentadas interpretações transferenciais e sobre material inconsciente, elas foram claramente recusadas como sendo afirmações indecifráveis e sem fundamento. Mesmo quando não recusavam de forma ostensiva, essas famílias anulavam a capacidade transformadora das interpretações ignorando ou não assimilando o significado emocional nelas contido; as interpretações apenas resvalavam a consciência dessas famílias, refratárias a quaisquer

---
* Este capítulo irá tratar de aspectos referentes à variedade da técnica.

tentativas de penetração terapêutica. Essas famílias tiveram pouco aproveitamento terapêutico e mínimas modificações no sentido de alguma melhoria na eficácia da adaptação familiar. E o mínimo proveito possível foi devido à atmosfera suportiva do relacionamento psicoterápico.

A família Viana comportou-se de maneira diferente. Nesta, a mãe procurava, conscientemente, embora não fosse sempre bem-sucedida, não entrar em contato com seus sentimentos e emoções. Evitava compreender (*insight*) as interpretações, considerando que elas iriam interferir em sua firme determinação racional de se separar do pai. Ela queria que a terapia lhe proporcionasse apoio emocional, e não mudanças internas, pois estas poderiam desviá-la de seus planos de vingança contra o pai infiel.

Verificou-se então que, quando a terapia consegue comportar apenas técnicas suportiva e reeducativa, os resultados terapêuticos são diminutos, não promovendo soluções positivas à situação-problema. No entanto, essas abordagens, embora pouco profundas, revelaram-se úteis em famílias que, como a família Viana, mesmo possuindo potencial para se beneficiar de terapia reconstrutiva, viam-se impedidas de aproveitá-la em razão de intensas resistências. E, ainda, que a escolha da abordagem não depende somente da intenção do terapeuta. Quando a escolha do terapeuta esbarra na limitação das famílias, que só podem avançar até certo ponto, a profundidade do alcance terapêutico não vai além da superfície. Caberá a este, então, reduzir sua ambição terapêutica; e, se for o caso, aguardar o momento em que a família esteja mais preparada para fazer enfrentamentos mais ousados.

Tema B — As abordagens reconstrutivas seriam as mais eficazes? Ou seja, interpretações mais profundas, ainda que teorizadas[7], sobre os conflitos inconscientes? Como reagiriam as famílias ou os membros mais diretamente atingidos?

Quando existiam nas famílias condições favoráveis para interpretações sobre os aspectos profundos e inconscientes dos conflitos (motivação, capacidade para *insight*), elas eram realizadas intensivamente, como ocorreu nas famílias Divino e Pinheiro. Nessas famílias, o método terapêutico utilizado foi quase que exclusivamente o reconstrutivo, e as soluções terapêuticas decorrentes desse método foram eficientes e benéficas para resolver a situação-problema.

Na família Divino, principalmente, as interpretações causaram forte impacto na relação mãe e filho maior. As repercussões dessas interpretações, se não foram agradáveis e gratificantes para ambos, já que eles viam seu objeto de amor afastar-se deles – ou, pelo menos para a mãe que viu o filho maior afastar-se dela –, evitaram que a situação entre eles, e, por conseguinte, a familiar, se encaminhasse para uma catástrofe emocional de conseqüências irrecuperáveis e irreversíveis pela atuação incestuosa. Embora a mãe demonstrasse certa dificuldade em acolher e assimilar de imediato as interpretações, ela não as desprezava; percebia-se que ela as elaborava *a posteriori*, como se pôde constatar na seqüência das sessões 2 e 6. Quanto ao filho maior, as expressões graves e pensativas que ele assumia quando ouvia as interpretações demonstravam com muita eloqüência o quão profundamente ele as compreendia. Em ocasiões como essas, de maior densidade emocional, ele abandonava as atitu-

---

7. Interpretações teorizadas (Simon, 2005) constituem aquelas construídas a partir dos dados da história pregressa do paciente, sobre os quais se aplicam os conceitos pertinentes da teoria psicanalítica, sem aguardar o longo processo das associações livres, o que não caberia em terapias de curto prazo.

des "brincalhonas" e irônicas que costumava adotar para esquivar-se da situação terapêutica, e enfrentava, com determinação a angústia que sobrevinha pela aquisição de *insight*.

Na família Pinheiro as interpretações, apesar de terem sido mais teorizadas do que na família Divino, foram favoravelmente recebidas pela mãe, que tentava, com grande esforço, compreendê-las para incorporá-las a seu funcionamento consciente. Ela afirmava entender e aceitar racionalmente a existência dos elementos inconscientes referidos nas interpretações. Elas lhe pareciam plausíveis e coerentes com as emoções sentidas. No entanto, dizia, não produziam a esperada ressonância dentro dela. A mãe chegava a se queixar, com agonia, que eu lhe dera os "ingredientes necessários para fazer o bolo, mas que ela não sabia como utilizá-los".

Observou-se, então, que, em apenas duas (10%) das vinte famílias que fizeram parte deste estudo, foi utilizada estritamente a abordagem interpretativa. Isto é, apesar de ser uma técnica eficiente e segura para determinar mudanças adaptativas em profundidade, a abordagem interpretativa não encontrou muita receptividade nesta população estudada, o que, em verdade, não é de surpreender, pois, como já mencionamos, nem todas as pessoas possuem os requisitos básicos para aproveitar da terapia reconstrutiva e ainda em tempo breve: flexibilidade na repressão permitindo certa porosidade entre consciente e inconsciente.

Tema C – As abordagens mistas seriam as mais indicadas? Isto é, ora priorizando o aspecto suportivo, ora o reeducativo e ora o reconstrutivo?

Nas treze (65%) as famílias restantes deste estudo (famílias Caldas, Luz, Santana, Moreno, Garibaldi, Hispana, Macedo, Viana, França, Antunes, Tupi, Germano e Santos) foram utilizadas, em diferentes instâncias do processo terapêutico, as abordagens reconstrutiva e reeducativa, além da suportiva, conforme a acessibidade terapêutica que elas demonstravam. A opção por esta abordagem mista baseou-se fundamentalmente no objetivo de tornar a Psicoterapia Preventiva da Família um instrumento clínico útil para o campo da prevenção. Ou seja, baseado no conhecimento adquirido de que nem todas as famílias possuíam condições estruturais e motivacionais suficientes para alcançar mudanças reformadoras em seu interior, como conseguiram as famílias Divino e Pinheiro; nem tampouco estavam empenhadas em se envolver com o trabalho terapêutico como foram as famílias Dourado, Serra e Neves. Era necessário fazer o que fosse possível e não o desejado.

Deste modo, a escolha da abordagem mista recaiu sobre famílias que, como as treze famílias acima mencionadas, reagiram positivamente às intervenções interpretativas em determinadas passagens; e, em outras, necessitavam igualmente de medidas suportivas – orientação, apoio, pesquisa de interesse, entre outras. Porém, o fato desta abordagem ter sido aplicada a mais da metade das famílias, por si só, não é suficiente para ser confirmada como sendo a mais eficiente. Para dar maior embasamento a qualquer conclusão a ser feita a respeito de se saber se a abordagem mista seria a mais adequada para a Psicoterapia Preventiva da Família, procedeu-se à verificação das soluções alcançadas pelas treze famílias nas quais essa abordagem foi aplicada.

Observando-se o Quadro 3, tem-se que seis famílias (Caldas, Luz, Santana, Moreno, Garibaldi e Viana) encontraram soluções adequadas para suas situações-problema com o uso da abordagem mista: umas com predomínio da técnica interpretativa acompanhada pelas técnicas reeducativa e suportiva (famílias Caldas, Luz, Santana e Moreno); outras, também com predomínio da técnica interpretativa mas acompanhada apenas pela técnica suportiva (família Garibaldi). Para a família Viana a abordagem terapêutica mista teve o predomínio das técnicas reeducativa e suportiva, acompanhadas pela técnica interpretativa. Para ilustrar o uso da abordagem mista com predomínio da técnica interpretativa, acompanhada pelas técnicas reeducativa e suportiva, tomemos a família Caldas. Nesta família, embora as interpretações tenham sido realizadas desde o início do atendimento, elas só passaram a ser aceitas e compreendidas em suas etapas posteriores. Foi quando começaram a surgir as mudanças adaptativas mais significativas. Até então, enquanto as resistências não se abrandavam, os pais somente conseguiam acolher as intervenções de caráter reeducativo e suportivo. A terapia estava sendo sustentada pelo apoio que eu representava para a família ouvido-a e orientando-a, por exemplo, sobre como lidar com a passividade da filha menor diante dos estudos. Dizia-lhes que tentassem dar à filha a oportunidade de errar para poder aprender a pensar e a buscar a solução de um problema, mesmo que com a ajuda deles. Mas era difícil para os pais seguirem a minha recomendação. A mãe porque, identificada com sua progenitora e assumindo as acusações que a filha menor lhe fazia de abandono quando saía de casa para trabalhar, procurava atendê-la em seus pedidos de carinho e cuidados que, ela própria, não recebera de sua progenitora; e o pai, porque receava ser apontado como o "causador involuntário" das deficiências da filha menor, já que todos diziam que ela era parecida com ele em muitos aspectos. Qualquer tentativa minha de aproximá-los do entendimento emocional a respeito desses motivos era firmemente rejeitada ou recusada. Exemplificando: em uma dada sessão, os pais reclamaram que a filha menor, ao acordar pela manhã, em vez de estudar e fazer as lições telefonava várias vezes para a mãe no serviço. Era para dizer que estava com dor de barriga, ou, que se sentia adoentada e pedia para a mãe retornar o mais cedo possível para casa. Quando esclareci que a filha menor sentia falta da mãe e que vivia a sua saída para o trabalho como abandono, e, ainda, que os telefonemas era feitos com a intenção inconsciente de castigá-la despertando-lhe angústia e sentimentos de culpa, recebi como resposta, em tom evasivo "...não deve ser bem isso". Em ocasiões como essas, não insistia nas minhas intervenções, conti-

Capítulo 7 – Caminhos na Investigação das Variações da Técnica

nuava a ouvi-los, esperando que em outro momento eles estivessem mais "disponíveis" emocionalmente; e, enquanto isso, ajudava a filha maior a lidar com as complicações que ela enfrentava no relacionamento com as colegas de classe. Com o prosseguimento da terapia, e estando os pais menos angustiados, eles começaram a poder assimilar minhas intervenções; e as filhas, cada vez mais espontâneas e participativas, contribuíam enormemente para explicitar a dinâmica familiar encoberta. O pai confirmou que ficava exaltado quando o assunto era o estudo da filha menor não por exigência de sucesso, mas sim por aflição, porque não queria vê-la passar pelas mesmas dificuldades escolares que ele precisou enfrentar. Constatou-se então que a exigência de sucesso pertencia à mãe: esta exigia da filha menor exatamente como ela se sentiu exigida por sua progenitora. Duas sessões após esta constatação, o tema da exigência escolar, de novo, veio à tona. O pai comentou, em tom de crítica, que se os seus progenitores tivessem se importado mais com o seu desempenho escolar, certamente as reprovações que sofreu teriam sido evitadas. Menciono a ele que não quer se sentir culpado pelas notas baixas da filha menor ou pelas reprovações que ela, por ventura, venha a sofrer. Mas que essa culpa era imaginária e não era real. Sua atitude, que antes era de total recusa a intervenções como essas, desta vez foi de aceitação e de alívio. Entusismado, respondeu que era isso mesmo, que era uma culpa não real a que ele sentia. E abandonou de vez os argumentos defensivos que vinha utilizando para refutar minhas interpretações. E para ilustrar o uso da abordagem mista com predomínio da técnica interpretativa acompanhada apenas pela técnica suportiva, temos a família Garibaldi. A segunda sessão do atendimento a esta família estava combinada para ser somente com o filho de 6 anos. Mas este se recusou a conversar comigo. E a mãe parecia não se incomodar com a recusa do filho. Expus à mãe a resistência que estava se manifestando: que ela parecia ter concordado com o atendimento psicológico porque assim a escola o havia exigido, como condição para o filho poder continuar lá estudando. A mãe concordou comigo dizendo que sempre tivera dúvidas a respeito do significado e da validade de um tratamento psicológico. E chorando, como já havia chorado nas entrevistas e na primeira sessão, admite que foi um erro ter adotado o filho. Sem ter alguém com quem possa contar, sente-se cercada pela solidão. Ela é a própria imagem da desesperança, de alguém que renunciou à vida. Procuro mostrar que ela não se apercebe que o filho dá um sentido à sua vida; sem ele, se sentiria ainda mais só e inútil do que já se sente. Por isso, provavelmente, ainda não havia se desfeito dele. E acrescento que a existência desse filho não exclui a possibilidade de ela vir a fazer novas ligações amorosas. Ao final dessa sessão, ao ver o filho, a mãe o abraça e se põe a chorar novamente. O filho também chora, e bem alto, como faria um bebê. Duas sessões após esta, vieram as minhas férias. Na sessão de retorno das férias, encontro a mãe distante e arredia comigo. Digo-lhe que deseja manter o contato entre nós em um nível superficial porque, durante as minhas férias, deve ter sentido que eu a abandonei. Principalmente porque as férias aconteceram depois de ter contado para mim assuntos pessoais, de forte conotação emocional. A mãe aceita minha intervenção e diz que se sente aflita quando se aproxima a hora da sessão, o momento de se encontrar e conversar comigo. O sofrimento da mãe parecia dizer que uma separação se constituía em uma frustração insuportável para pessoas que, como ela, têm relações pouco gratificantes. E que ela preferia não ter, a ter muito pouco e ainda sofrer com separações. Nas famílias Macedo e Germano a abordagem mista trouxe resultados terapêuticos pouco adequados. Verificou-se que nessas duas famílias as resistências eram superadas muito lentamente, implicando com isto que as mudanças adaptativas também se faziam com vagar. Resultados pouquíssimos adequados não foram observados pela aplicação da abordagem mista na esfera familiar. Esse dado, de certa forma, não é inesperado. Pois a abordagem mista permite modelar a terapia para acompanhar e aplicar, conforme as variações naturais que ocorrem na motivação e na resistência que as famílias oferecem, a técnica mais adequada e apropriada ao momento e às circunstâncias pelas quais ela atravessa.

As famílias que tiveram resultados terapêuticos proveitosos foram aquelas que, motivadas e persistentes, suportaram a angústia e as frustrações, e souberam lidar com suas emoções e fantasias. Ao contrário de outras que, apresentando baixa tolerância às intervenções (família Santos) ou insistindo em manter suas dificuldades segregadas nos membros-problema para se eximirem de responsabilidades (famílias Antunes e Tupi). Ou então, não desejando enfrentar os problemas que ameaçavam o casamento (famílias Hispana e França), desistiram da terapia. Ou seja, as famílias destes subgrupos citados por último não lograram bons resultados terapêuticos por ausência de motivação e empenho para se envolverem no manejo de suas situações-problema; e não devido, propriamente, à abordagem terapêutica utilizada.

Desta explanação, pode-se afirmar que a abordagem mista, com predominância da técnica interpretativa sobre as outras duas, reeducativa e suportiva, seria a mais eficaz para ser adotada pela Psicoterapia Preventiva da Família.

Conclusão a propósito da abordagem terapêutica: tendo adotado um padrão uniforme de início de atendimento na tentativa de aplicação de uma abordagem terapêutica interpretativa, esse padrão era mantido se houvesse tolerância por parte dos envolvidos. Quando o método interpretativo deparava com intolerâncias, forçosamente era obrigado a utilizar abordagens mais brandas, predominantemente suportivas. Porém, a despeito do abrandamento da abordagem, em algumas famílias o aproveitamento terapêutico foi escasso, de onde se conclui que, muito mais do que o tipo de abordagem terapêutica adotada, influem no aproveitamento terapêutico as características emocionais das famílias e de seus membros; ou seja, a capacidade de tolerar frustrações e angústias que permitem a persistência do trabalho terapêutico.

Tema D – A fase terapêutica propriamente dita deve ser iniciada após a conclusão diagnóstica? Ou é preferível iniciar as intervenções terapêuticas antes mesmo de finalizado o diagnóstico para evitar o abandono do atendimento (frustração de apenas dar sem nada receber) ou o agravamento das dificuldades?

Dada a experiência vivida no começo da construção da Psicoterapia Preventiva da Família, época em que se fazia a rígida distinção entre fase diagnóstica e fase terapêutica, não houve, nos atendimentos que compõem este estudo, a preocupação de se aguardar a definição da situação-problema para dar início às intervenções terapêuticas. A rigidez metodológica se justificava porque havia o intuito de se construir, a partir dos atendimentos às famílias, uma escala que, à semelhança da Escala Diagnóstica Adaptativa Operacionalizada (EDAO), possibilitasse a operacionalização da avaliação das relações familiares. Mas a realidade com que deparamos – o sofrimento familiar e a urgência pela ajuda solicitada – nos fez repensar e conter nossa ambição de efetuar duas pesquisas conjuntas: desenvolver um método de psicoterapia familiar preventiva e construção de uma escala de avaliação adaptaiva familiar. Quando o material mostrava-se compreensível e a relação transferencial era de tal modo que comportava intervenções, como ocorreu com as famílias Macedo (segunda entrevista: o medo de a filha envolver-se sexualmente com o namorado) e Germano (primeira entrevista: "roubo" do irmão pela cunhada), estas eram efetuadas antes mesmo da situação-problema estar reconhecida (nas famílias Macedo e Germano, a situação-problema ficou definida na quarta entrevista). Podemos conjecturar que deve ter ocorrido nessas famílias certo enrijecimento das defesas existentes em virtude do surgimento de sentimentos de angústia perante as intervenções realizadas (na família Macedo, após a intervenção, a mãe não quis aprofundar o assunto, que só tornou a aparecer algumas sessões depois; e na família Germano, na segunda entrevista, a mãe estendeu-se longamente no relato de um episódio ocorrido durante seu segundo casamento, "faltou" à terceira entrevista e somente na quarta entrevista é que trouxe novamente o tema que originou a interpretação inicial). No entanto, observamos que elas não interferiram no curso e na continuidade do atendimento.

Nas dezesseis outras famílias, contudo, as primeiras intervenções coincidiram ou aconteceram quase que simultaneamente à formulação da situação-problema. Isto porque, para que as intervenções fossem feitas, era necessário que os dados essenciais para compreender o que se passava na família estivessem colhidos; o que, por sua vez, já permitia a definição da situação-problema familiar. E, visto que a situação-problema estava disponível no período das três ou quatro entrevistas iniciais (vide TEMA 1 sobre aspectos técnicos), ficava afastado o risco de se ter a terapia cancelada ou de se ter o agravamento das dificuldades pela demora das intervenções, como acontecia nas famílias inicialmente atendidas em Taboão da Serra. Esta afirmação pode ser confirmada no Quadro 2, acompanhando os dados que informam que nenhum atendimento foi abandonado antes da situação-problema estar delimitada. Os abandonos que ocorreram, foram em decorrência de acentuadas resistências às intervenções e/ou aprofundamento do trabalho terapêutico.

Capítulo 8
Conclusões e Sugestões

A realização deste estudo teve por objetivo averiguar a eficiência da Psicoterapia Preventiva da Família, uma modalidade terapêutica que foi idealizada quando um grupo de psicólogos teve seu primeiro contato com uma comunidade (favela) no município de São Paulo.

O estudo se justificava pelas vantagens que o uso da Psicoterapia Preventiva da Família traria ao campo da prevenção, em virtude das características que possui (referencial teórico-adaptativo, objetivos preventivos, enfoque familiar, ida do terapeuta ao domicílio da família para realizar o atendimento, brevidade da duração e maleabilidade na abordagem terapêutica). E isso tudo devido à realidade atual exigir maior variedade de recursos terapêuticos adequados à população brasileira e à disposição dos profissionais que trabalham na área clínica.

Partindo de indagações surgidas durante o período de sua construção, foram elaboradas, para os propósitos deste estudo, algumas hipóteses e perguntas quanto ao alcance e à eficência terapêutica da Psicoterapia Preventiva da Família como método clínico para aquisição de conhecimento sobre dinâmica familiar e promoção de mudanças adaptativas favoráveis à manutenção ou aumento da eficácia adaptativa da família.

Analisando inicialmente o comportamento psicodinâmico das famílias deste estudo, constatou-se que sua conduta era regida por fenômenos inconscientes semelhantes aos referidos na Introdução. E que os distúrbios emocionais observados nessas famílias eram provenientes do uso exacerbado que elas faziam, em conjunto ou separadamente, desses elementos, para satisfazer onipotentemente suas fantasias inconscientes. O principal dentre esses elementos, o conflito edipiano, estava sempre presente nas famílias, intrinsecamente entrelaçado na trama familiar, de maneira mais evidente em umas, e de maneira mais sublimada em outras. Nas famílias em que ele se manifestava de forma mais primitiva, havia sérios conflitos emocionais entre os membros envolvidos, gerando inclusive perturbações de natureza psicótica. Fatores culturais parecem exercer grande influência na manifestação desses conflitos edipianos. Os demais elementos (mitos familiares, "bode expiatório", "duplo vínculo", transmissão de irracionalidade e pseudomutualidade) foram observados atuando imensamente nas famílias que, imaturas e com funcionamento interno pouco integrado, necessitavam apoiar-se neles para fugir às responsabilidades de seus próprios fracassos e limitações. Eram famílias que, recorrendo constantemente ao uso de mecanismos de negação e projeção, atribuíam a culpa de seus problemas a um determinado membro familiar que se tornava o "bode expiatório", ocasionando, neste, graves prejuízos em seu desenvolvimento adaptativo. Em famílias mais evoluídas, com maior potencial criativo e capacidade de assumir suas próprias responsabilidades, esses fenômenos inconscientes, embora não ausentes, encontravam-se menos atuantes, não exercendo interferência perniciosa sobre o progresso emocional e individual de seus membros e não favorecendo, assim, a formação do "bode expiatório".

Observou-se ainda nas famílias deste estudo um fato que seria característico do paternalismo que domina a cultura brasileira; ou seja, a população espera sempre receber gratuitamente do Estado todos os suprimentos que necessita, sejam eles materiais, educacionais ou terapêuticos. Sendo assim, a renda familiar que elas revelavam para o cálculo do valor de cada sessão terapêutica a ser cobrada estava abaixo da renda familiar real.

Sobre a função provedora da família (provisão de alimento, proteção física, afeto, valores morais, sociais e éticos, entre outros), verificou-se que o sustento do lar, quando o casal vivia junto, estava quase que inteiramente a cargo do pai. Quando ele se encontrava afastado da família – ou, estando presente, o papel de provedor era insuficiente –, a família, regredida, se dizia empobrecida e fragilizada, principalmente se a mãe que o complementava não era capaz de fazê-lo satisfatoriamente. Em casos como esse, a família se via compelida a buscar figuras substitutivas do pai; em situação extrema, como ocorreu a uma família, houve a necessidade de buscá-la em membros pertencentes à família extensa (avó materna).

Em algumas famílias as mães faziam queixas sobre a insuficiência do marido como provedor para suas necessidades amorosas e sexuais; estavam ressentidas pelo abandono afetivo. Carentes e insatisfeitas, porém incapazes de resolver seu problema matrimonial, elas tentavam compensar suas frustrações indo buscar carinho em outros homens ou voltando-se para os filhos, o que acabava determinando, nestes, o aparecimento de penosos obstáculos ao desenvolvimento psicossexual.

Quanto ao aspecto técnico, pela aplicação da Psicoterapia Preventiva da Família em seus moldes originais, constatou-se que alguns resultados terapêuticos foram adequados e outros não; ou, então, foram inconclusivos ou provisórios. E que, a definição da situação-problema, como havia sido previsto, era viável de ser realizada com um total de três, ou, no máximo, quatro entrevistas semanais (uma entrevista por semana) de sessenta minutos de duração. O número de sessões terapêuticas, fixado para ser de, no máximo, doze, revelou ser, porém, pouco seguro para garantir sua eficiência terapêutica. Contudo, sua freqüência semanal (uma sessão por semana) e sua duração de sessenta minutos mostraram-se suficientes. Para melhor segurança, concluiu-se que a etapa terapêutica deveria constar de 15 ± 4 sessões, durante as quais seriam avaliadas as condições que a família tem para aproveitar favoravelmente os benefícios de um atendimento preventivo.

De acordo com o procedimento original as entrevistas preventivas e as sessões psicoterápicas, tendo por finalidade, respectivamente, a definição e a resolução da situação-problema, foram realizadas com os membros familiares que se dispunham ou se mostravam dispostos a participar do atendimento.

Considerando-se ainda os resultados terapêuticos obtidos, e relacionando-os com este procedimento, ponderou-se que eles poderiam ter sido mais satisfatórios se o atendimento tivesse incluído outros membros diretamente envolvidos com a situação-problema. Ou seja, se tivesse sido possível a participação do casal parental quando a queixa era referente aos filhos (embora tenha sido importante, ainda que sozinho, a participação daquele que se utiliza do filho como continente de sua fragilidade emocional), visto que estes eram representantes das dificuldades existentes na mãe ou no pai, ou na relação conjugal que eles haviam construído. Mas, além da participação, era importante que houvesse motivação e interesse por parte do casal parental em relação ao trabalho terapêutico: quanto maior era a disposição para se envolver na resolução dos problemas que atingiam seus filhos, melhores eram os resultados terapêuticos alcançados.

Notou-se também que a terapia faz mais progressos quando a iniciativa de procurar ajuda terapêutica parte da própria família (sinal de que ela reconhece e assume a responsabilidade pelo conflito nela existente, e que por isso havia motivação para participar da terapia); e não por determinação externa (médico ou escola), a quem ela deveria se submeter.

No caso da situação-problema estar vinculada a um conflito conjugal, a ajuda teria sido mais efetiva se o atendimento tivesse sido realizado com o casal, para que os cônjuges pudessem juntos buscar soluções reconciliatórias; ou então para uma separação amigável, com um mínimo de danos emocionais para os cônjuges e para os filhos. Isto porque, o atendimento de um só cônjuge pode aumentar ainda mais a distância existente entre o casal, apesar de que, em certas famílias, o atendimento isolado de um cônjuge tenha trazido benefícios até para o casal.

Neste particular, a experiência mostrou que o não comparecimento de alguns membros familiares deveu-se a: 1) por temor à aliança que os ausentes julgavam estar formada entre o terapeuta e os familiares que fizeram os contatos iniciais; 2) por causa de comunicações viesadas, motivadas por fatores conscientes ou inconscientes do membro familiar intermediário, e que ficavam fora do meu alcance; 3) por uma real falta de interesse em lidar com os problemas matrimoniais, quando os ausentes eram os pais que mantinham relacionamentos extraconjugais relativamente estáveis. Para lidar com tais situações, seria útil a adoção de certas medidas:

a) realizar, no início do atendimento familiar, uma reunião com a presença de toda a família, para que, juntos, terapeuta e familiares, tenham a oportunidade de se conhecer, e, em seguida, determinar quais membros irão, primeiramente, participar efetivamente da terapia. Nessa ocasião, o terapeuta teria a possibilidade de colher, diretamente com cada membro familiar, os dados pessoais, as impressões de cada um a respeito do que se passa na família, sua motivação e interesse pelo trabalho terapêutico, além do fato de, aproveitando a presença da família completa, observar a interação existente entre seus membros;

b) qualquer comunicação a ser feita posteriormente entre terapeuta e um membro familiar deverá ser realizada pessoalmente pelo terapeuta e não através de terceiros, para eliminar eventuais distorções de comunicação.

Este estudo esclareceu que a dicotomia entre definição da situação-problema em tempo breve (três a quatro entrevistas) e a fase de intervenção terapêutica deveria ser evitada, possibilitando a realização de intervenções desde a primeira entrevista. Com isso, a desmotivação precoce da família ao atendimento preventivo foi afastada (ao contrário da técnica primitiva) em razão da frustração em não receber a ajuda esperada desde cedo. A desmotivação, quando surgia, ocorria no decorrer da terapia e em função de resistências ao aprofundamento terapêutico e de transferência negativa insuperável. Com respeito às intervenções, estas eram realizadas tendo em conta a acessibilidade terapêutica demonstrada pelas famílias. Concluiu-se, daí, pela necessidade de uma abordagem flexível, composta de modalidades suportiva, reeducativa e reconstrutiva, aplicadas isoladamente ou combinadas entre si. Em certas famílias as intervenções utilizadas foram essencialmente suportivas e reeducativas; e, em outras, essencialmente interpretativas; ou mistas, com predominância de uma das técnicas: reeducativa ou interpretativa. Com o uso desta abordagem seletiva verificou-se que a abordagem mista é a mais indicada para os objetivos preventivos da Psicoterapia Preventiva da Família. Além de ter sido a mais amplamente utilizada (treze famílias), essa abordagem trouxe benefícios proveitosos que modificaram fundamentalmente a situação-problema familiar existente. A abordagem essencialmente interpretativa é a abordagem de escolha, desde que a família possua as condições básicas (motivação e capacidade para *insight*) para suportar as angústias que o conhecimento de material inconsciente traz. Verificando que a família não suportava, e, portanto, recusava firmemente as interpretações baseadas em mecanismos inconscientes, adotou-se as variedades reeducativa e suportiva. A abordagem essencialmente suportiva e reeducativa ficou para famílias que necessitavam de apoio para ajustamentos necessários, mas com pouca capacidade para realizar transformações internas. Ou então para famílias que eram tão reprimidas que o acesso ao seu inconsciente era lento e vagaroso. Desta análise sobre abordagem terapêutica constatou-se que, independentemente da técnica utilizada, o que influi no resultado terapêutico final são as características emocionais da família, ou seja, capacidade para tolerar frustração e suportar angústias, as quais irão determinar sua persistência ou não na terapia. Em caso contrário (falta de motivação e pouca tolerância à frustração e angústia) a combinação de técnicas mistas, a paciência, a perseverança, a empatia e a intuição do terapeuta (e a capacidade deste de suportar suas frustrações e angústias) poderão gradualmente favorecer alguma evolução mais adequada nas soluções até então aplicadas às situações-problema.

A abordagem terapêutica adotada pela Psicoterapia Preventiva da Família foi flexível, porque ela não tem a pretensão de conseguir, em curto espaço de tempo, modificações estruturais na dinâmica familiar. Ela espera que essas mudanças venham ser alcançadas em médio ou longo prazo, sem delimitação no tempo. E com esta finalidade, instituiu *interrupções* ou *pausas* no processo terapêutico quando as resistências se intensificaram; e *retornos trimestrais*, os quais se mostraram recursos técnicos importantes para diminuir os riscos de abandono da terapia e para o encaminhamento progressivo ao encontro dos objetivos reconstrutivos almejados. Nas famílias resistentes, às quais foram aplicados esses recursos (interrupção para pausa e retornos), verificou-se que houve abrandamento da resistência e a terapia pôde evoluir para um aprofundamento e melhor elaboração da situação-problema. Porém, quando a contigüidade da pausa e das férias do terapeuta não puder ser evitada, será preferível diminuir a pausa para um período de tempo inferior a três meses, para que as separações não se tornem por demais prolongadas.

A realização do atendimento no domicílio trouxe a possibilidade de se conhecer uma forma de comunicação diferenciada e peculiar à família, por esta se sentir segura e confiante encontrando-se em seu próprio ambiente. Neste contexto, e tendo todo o espaço domiciliar como local de atendimento, a família recorria a todos os elementos nele existentes, humanos ou materiais, para expressar suas mensagens transferenciais e cotransferenciais (resistência, ambivalência, transferência positiva ou negativa), que adquiriam, então, maior concretude (*acting-out*) e, assim, tornavam-se mais primitivas e vigorosas. Estas situações, por sua vez, tendem a provocar no terapeuta sentimentos contratransferenciais mais intensos, dificultando muitas vezes a compreensão e o manejo terapêutico necessários. Apesar das dificuldades, no entanto, a ida a casa traz, sem dúvida, ganhos que o trabalho em consultório não proporciona, tornando o terapeuta mais conhecedor da dinâmica familiar, e, portanto, mais apto a realizar intervenções preventivas adequadas. Sendo assim, mesmo que certas condições exijam a mudança do atendimento do domicílio para o consultório é importante não abandonar de vez a ida à residência, intercalando sessões domiciliares com sessões no consultório. Tem-se pensado na conveniência da aplicação desta medida considerando-se as dificuldades reais que a técnica domiciliar traz ao terapeuta (distância, tempo despendido, custo financeiro) a fim de tornar um pouco mais amena a tarefa do preventivista.

Verificou-se, ainda, que a família comunica sua perda de motivação para continuar a terapia apresentando, além das "faltas", alguns comportamentos que, observados dentro do contexto terapêutico global, não são habituais ou são opostos àqueles expressos quando a transferência se encontra positiva, como aconteceu na família Hispana. Quando cheguei para a segunda entrevista com a mãe, esta realizada no domicílio da família (a primeira fora realizada, a pedido da mãe, em meu consultório), o fone havia sido retirado do gancho para não sermos interrompidas e o filho mandado para a rua brincar com os amiguinhos. Na sexta sessão, que se seguiu à sessão em que expus o medo que a mãe tem de perder o "pai-estado", a mãe diz que a viagem para o exterior está confirmada. Enquanto realizávamos a sessão, o telefone tocou. Foi quando notei que ele não fora retirado do gancho como das outras vezes. A mãe não só atendeu a ligação, como também ficou conversando por quase dez minutos com a pessoa que estava do outro lado da linha. A sessão seguinte, a sétima, que seria a última antes da mudança da família para o exterior, não foi realizada. Dizendo que iria viajar, a mãe deixa um recado pedindo que eu não fosse à sua casa. O que me fez conjecturar que a mudança havia sido antecipada por algum motivo qualquer. Conjectura essa que, tempos depois, não se confirmou.

A Psicoterapia Preventiva da Família não foi aplicada exclusivamente a determinada situação-problema nem a certo número de familiares; ela se estendeu a outros membros que estivessem necessitados de auxílio urgente devido a problemas pessoais ou individuais. Esta variação de procedimento não interferiu na brevidade da terapia em curso, pois não exigiu para cada caso mais do que duas sessões.

Se este livro gerou uma certa angústia diante das dificuldades do desconhecido na intimidade familiar, desculpe-me. Mas se despertou curiosidade instigante a respeito dos recursos terapêuticos e profiláticos preciosos que se ocultam no seio da família, sinto-me recompensada.

REFERÊNCIAS BIBLIOGRÁFICAS

ACKERMAN, N.W. *The psychodynamics of family life*. New York: Basic Books, 1958.

_____ "El futuro de la psicoterapia familiar". *In*: ACKERMAN, N.W. et al. *Teoría y pratica de la psicoterapia familiar*. Buenos Aires: Proteo, 1970.

ADLER, A. *The pratice and theory of individual psychology*. New York: Humanities Press, 1952.

ALEXANDER, F. e FRENCH, T.M. *Psychoanalytic therapy: principles and aplication*. New York: Ronald Press, 1946.

ANDOLFI, M. *A terapia familiar*. Lisboa: Vega, 1981.

ANDOLFI, M. et al. *Por trás da máscara familiar: um novo enfoque em terapia familiar*. Porto Alegre: Artes Médicas, 1984.

ARIÈS, P. *L'enfant et la vie familiale sous l'ancien régime*. Paris: du Seuil, 1973.

BALINT, M. *Focal psychotherapy*. London: Tavistock Publications, 1972.

BATESON, G. "Toward a theory of schizophrenia". *Behavioral Science*, 1, 251-264, 1956.

BAULEO, A. *Ideologia, grupo y família*. Mexico: Folios, 1982.

BEATMAN, F.L. "Aspectos transgeneracionales de la terapia familiar". *In*: ACKERMAN, N.W. et al. *Teoría y pratica de la terapia familiar*. Buenos Aires: Proteo, 1970.

BERESTEIN, I. "Consideraciones sobre la psicoterapia de la pareja conjugal". *Acta Psiquiatrica Psicologica America Latina*, 14, 301, 1968.

_____. *Familia y estructura familiar. Consideraciones clinicas, teoricas y praticas.* São Paulo: Curso de Psicoterapia e Orientação Familiar e de Casal, Centro de Estudos "Luiz Vizzoni", 1973.

_____. *Psicoanalisis de la estructura familiar.* Buenos Aires: Paidós, 1981.

_____. *Família e doença mental.* São Paulo: Escuta, 1988.

BLEGER, J. *Psychohigiene y psicologia institucional.* Buenos Aires: Paidós, 1966.

BOTT, E. *Família e rede social.* Rio de Janeiro: Francisco Alves, 1976.

BOWEN, M. *Family theoriy in clinical pratice.* New York: Jason Aronson, 1978.

BROWN, S.L. "The family in crisis". *In*: DAVANLOO, H. *Short-term dynamic psychotherapy.* London: Jason Aronson, 1980.

CALIL, V.L.L. *Terapia familiar e de casal.* São Paulo: Summus, 1987.

CANDIOTA, L.R.S. "Material de estudo: função psicanálise". São Paulo: *Revista Brasileira de Psicanálise*, 16, 183, 1982.

CANEVACCI, M. – *Dialética da família.* São Paulo: Brasiliense, 1981.

CAPLAN, G. *Principles of preventive psychiatry.* New York: McGraw Hill, 1964.

COOPER, D. *The death of the family.* Harmonds-Worth: Penguin Books, 1976.

DADDS, M.R. "Families and the origins of child behavior problems". *Family Process*, 26, 341-357, 1987.

EIGUER. A. *Um divã para a família. Do modelo grupal à terapia familiar psicanalítica.* Porto Alegre: Artes Médicas, 1985.

ENGELS, F. *A origem da família, da propriedade privada e do Estado.* Rio de Janeiro: Civilização Brasileira, 1981.

ERIKSON, E.M. *Identity and the life cicle*. New York: International University Press, 1959.

FERREIRA, A.J. "Mitos familiares". *In*: BATESON, G. *et al. Interacción familiar. Aportes fundamentales sobre teoria y tecnica*. Buenos Aires: Tiempo Contemporáneo, 1971.

FOLEY, V.D. *An introduction to family therapy*. Orlando: Grune and Stratton, 1986.

FREUD, S. (1900). "The interpretations of dreams". *In: Standard Edition*, vols. IV e V. London: Hogart-Press, 1973.

_____. (1909). "The case of 'Little Hans' and the 'Rat Man' (1909)". *In: Standard Edition*, vol. X. London: Hogart-Press, 1973.

_____. (1913) "Toten and taboo". *In: Standard Edition*, vol. XIII. London: Hogart-Press, 1973.

_____. (1924) "Dissolution of the Oedipus Complex". *In: Standard Edition*, vol. XVIII. London: Hogart-Press, 1973.

FRIEDMAN, A. "La terapia en el hogar". *In*: ACKERMAN, N.W. *et al. Grupoterapia de la familia*. Buenos Aires: Hormé, 1981.

FRIEDMAN, A. and PETTUS, S. "Brief strategic interventions with families of adolescents". *Family Therapy*, XII (3), 197-209, 1985.

HABER, R. "Friends in family therapy: use of a neglected resource". *Family Process*, 26, (2), 269-281, 1987.

HALEY, J. and HOFFMAN, L. *Thecniques of family therapy*. New York: Basic Books, 1967.

HALEY, J. *Terapia familiar – um cambio radical*. São Paulo: Curso de Psicoterapia e Orientação Familiar e de Casal, Centro de Estudos de Psicanálise "Luiz Vizzoni", 1973.

_____. *Psicoterapia familiar – um enfoque centrado no problema*. Belo Horizonte: Interlivros, 1979.

JACKSON. D.D. "Interacción familiar, homeostase familiar e psicoterapia familiar conjunta". *In*: BATESON, G. *et al. Interacción familiar. Aportes Fundamentales sobre teoria y técnica*. Buenos Aires: Tiempo Contemporaneo, 1971.

JACKSON. D.D. y WEAKLAND, J.H. "Terapia familiar conjunta: consideraciones sobre teoria, técnica y resultados". *In*: BATESON, G. *et al. Interacción familiar. Aportes Fundamentales sobre teoria y técnica*. Buenos Aires: Tiempo Contemporaneo, 1971.

KAFFMAN, M. "Uma família do *kibbutz*: a família Rabin e Mordecai Kaffman". *In*: MINUCHIN, S. *Famílias: funcionamento e tratamento*. Porto Alegre: Artes Médicas, 1988.

KALINA, E. "Teoría y pratica de la psicoterapia familiar do adicto. Atualización". *In*: *La familia del adicto. y otros temas*. Buenos Aires: Nueva Visión, 1989.

KLEIN, M. (1928). "Early stages of Oedipus – conflit". *In*: *Contributions to Psycho-Analysis*. London: Hogart-Press, 1950.

———. (1935). "A contribution to the psychogenesis to maniac-depressive states". *In*: *Contributions to Psycho-Analysis*. London: Hogart-Press, 1950.

———. (1946). "Notes on some schizoid mechanisms". *In*: *The Writings of Melanie Klein*. London: Hogart-Press, 1975.

———. (1952a). "Origins of transference". *In*: *The Writings of Melanie Klein*. London: Hogart-Press, 1975.

———. (1952b). "Some theoretical conclusions regarding the emotional life of the infant". *In*: *The Writings of Melanie Klein*. London: Hogart-Press, 1975.

LAING, R.D. *The politics of family and others essays*. New York: Vintage Books, 1972.

LAING, R.D. and ESTERTON, A. *Sanity, madness and the family: families of schizophrenics*. London: Tavistock Publications, 1964.

LANGSLEY, D.G. *et al.* "La terapia de la crisis familiar: resultados y implicaciones". *In*: ACKERMAN, N.W. *et al. Grupoterapia de la família*. Buenos Aires: Hormé, 1981.

LEAVEL, H.R. e CLARK, E.G. *Preventive medicine for the doctor in his community*. New York: Mc Graw-Hill, 1965.

LEWIS, J.M. "Family structure and stress". *Family Process*, 25 (2), 235-247, 1986.

LIDZ, T. *et al.* "El medio intrafamiliar de los pacientes esquizofrenicos: cisma marital y sesgo marital". *In*: BATESON, G. *et al. Interacción familiar. Aportes fundamentales sobre teoria y técnica.* Buenos Aires: Tiempo Contemporaneo, 1971a.

_____. "El médio intrafamiliar del paciente esquizofrenico: la transmissión de la irracionalidad". *In*: BATESON, G. *et al. Interacción familiar. Aportes fundamentales sobre teoria y técnica.* Buenos Aires: Tiempo Contemporaneo, 1971b.

MALAN, D.H. *Fronteiras da psicoterapia breve.* Porto Alegre: Artes Médicas, 1981.

MANN, J. *Time limited psychotherapy.* Cambridge: Harvard University, 1973.

MEYER, L. *Família: dinâmica e terapia (uma abordagem psicanalítica).* São Paulo: Brasiliense, 1983.

_____. "A família do ponto de vista psicoanalítico". *In*: *Família: conflitos, reflexões e intervenções.* São Paulo: Casa do Psicólogo, 2002.

MINUCHIN, S. *Famílias: funcionamento e tratamento.* Porto Alegre: Artes Médicas, 1982.

MITCHELL, C.B. "Problemas y principios en la terapia familiar". *In*: ACKERMAN, N.W. *et al. Teoría y pratica de la psicoterapia familiar. Desarrolos.* Buenos Aires: Proteo, 1970.

OBERDING, E.G. "Uso de algumas medidas da Psicologia Clínica Preventiva com crianças institucionalizadas em creche, em município da grande São Paulo". Ribeirão Preto: *Anais da XI Reunião Anual de Psicologia*, 1981.

OBERDING, E.G. *et al.* "Experiências e conclusões atuais em trabalho institucional". Ribeirão Preto: *Anais da XIII Reunião Anual de Psicologia*, 1983.

PICHÓN-RIVIÈRE, E. *El processo grupal. del psicoanálisis a la psicología social.* Buenos Aires: Nueva Visión, 1975.

PINCUS, L. e DARE, C. *Psicodinâmica da família.* Porto Alegre: Artes Médicas, 1981.

ROSENFELD, H. A. *Psychotic states: a psychoanalytic approach.* London: Hogart-Press, 1965.

SACHS, B. "Mastering the resistance of working – class fathers to family therapy". *Family Therapy*, XIII (2), 121-132, 1986.

SATIR, V. *Terapia do grupo familiar.* Rio de Janeiro: Francisco Alves, 1976.

SHAZER, S. *et al.* "Brief therapy: focused solution development". *Family Process*, 25 (2), 207-221, 1986.

SIFNEOS, P.E. *Short-term psychotherapy and emotional crisis.* Cambridge: Harvard University, 1972.

SIMON, R. As várias técnicas psicoterápicas. Visão geral. *Boletim de Psicologia*, SBPSP, 24 (64): 3-8, 1972.

_____. "As séries complementares de Freud como base para uma história natural dos distúrbios mentais". *Jornal de Psicanálise*, SBPSP, 9, (22): 17-31, 1977.

_____. "Formação do terapeuta para a realidade brasileira". *Boletim de Psicologia*, SBPSP, 33 (81): 63-73, 1981.

_____. *Introdução à psicanálise: Melanie Klein.* São Paulo: Editora Pedagógica Universitária, 1986.

_____. *Psicologia clínica preventiva. Novos fundamentos.* São Paulo: Editora Pedagógica Universitária, 1989.

_____. "Do diagnóstico à psicoterapia breve". *Jornal Brasileiro de Psiquiatria*, 435(7), pp. 403-408, 1996.

_____. "Proposta de redefinição da escala diagnóstica adaptativa operacionalizada". *Mudanças*, vol. 10, pp. 13-26, 1998a; e também em *Boletim de Psicologia*. São Paulo, vol. XLVII, n. 107, pp. 85-94, 1997.

_____. "Concordâncias e divergências entre psicanálise e psicoterapia psicanalítica". *Jornal de Psicanálise*, SBPSP, vol. 32, ns. 58/59, 245-264, 1998b.

_____. "Manejo da transferência e da cotransferência em psicoterapia psicanalítica". *In: Anais do 5º Encontro do Curso de*

Especialização em Psicoterapia Psicanalítica. São Paulo: Instituto de Psicologia, pp. 5-17, 2001.

_____. "Cotransferência e transferência em psicoterapia psicanalítica de quadros medianos". *In*: *Anais do 8° Encontro do Curso de Especialização em Psicoterapia Psicanalítica*. São Paulo: Instituto de Psicologia, pp. 7-30, 2004.

_____. *Psicoterapia breve operacionalizada. Teoria e técnica*. São Paulo: Casa do Psicólogo, 2005.

SOIFER, R. *Psicodinamismos da família com crianças: terapia familiar com técnicas de jogo*. Petrópolis: Vozes, 1983.

SPIRO, M. E. *A família é universal?* Brasília: Ed. Universidade de Brasília, texto de aula de antropologia 1, s.d.

SULLIVAN, H.S. *The interpersonal theory of psychiatry*. New York: Norton, 1953.

TOMAZELLA, L.S. "Primeiras experiências de psicologia clínica preventiva em instituições e análise dos resultados". Ribeirão Preto: *Anais da XI Reunião Anual de Psicologia*, 1981.

VIANA, S.A. "Abordagem em psicologia clínica preventiva em pacientes de Centro de Saúde no município de São Paulo". Ribeirão Preto: *Anais da XI Reunião Anual de Psicologia*, 1981.

VON BERTALANFFLY, L. "General systemic theory: a critical review". *In*: BEISHON, H. and PETERS, G. *Systems behavior*. London: Open University Press, 1972.

YAMAMOTO, K. "Experiência-piloto em psicologia clínica preventiva na grande São Paulo". Ribeirão Preto: *Anais da XI Reunião Anual de Psicologia*, 1981.

YAMAMOTO, K. *et al.* "Experiências e conclusões atuais em trabalho na comunidade". Ribeirão Preto: *Anais da XIII Reunião Anual de Psicologia*, 1983.

_____. *Estudo do método e resultados da psicoterapia preventiva da família*. Tese de Doutorado. São Paulo: Universidade de São Paulo, 1990.

WELLS, R. and GIANETTI, V.J. "Individual mental therapy: a critical reppraisal". *Family Process*, 25 (1), 43-51, 1986.

WINNICOTT, D.W. *The family and individual development.* London: Tavistock Publications, 1965.

WOLBERG, L.R. *The technique of psychotherapy.* New York: Grune and Stratton, 1967.

WYNNE, L.C. et al. "Pseudo-mutualidad en las relaciones familiares de los esquizofrenicos". *In*: BATESON, G. et al. *Interacción familiar. Aportes fundamentales sobre teoria y técnica.* Buenos Aires: Tiempo Contemporaneo, 1971a.

WYNNE, L.C. "Indicaciones y contra-indicaciones de la terapia familiar exploratoria". *In*: BATESON, G. et al. *Interacción familiar. Aportes fundamentales sobre teoria y técnica.* Buenos Aires: Tiempo Contemporaneo, 1971b.